CONTEMPORARY FRENCH TEXTS

General Editor
LOUIS CONS
Columbia University

CONTEMPORARY FRENCH TEXTS

General Editor
LOUIS CONS

Studio G. L. Manuel

ABEL HERMANT

Heath's Modern Language Series

ABEL HERMANT

EDDY ET PADDY

Edited with Notes and Vocabulary by

MAURICE EDGAR COINDREAU
Agrégé de l'Université
*Assistant Professor of Modern Languages
Princeton University*

D. C. HEATH AND COMPANY

BOSTON   NEW YORK   CHICAGO   LONDON
ATLANTA   SAN FRANCISCO   DALLAS

PRINTED IN THE UNITED STATES OF AMERICA

PRÉFACE

Si l'on me demandait qui, de nos écrivains contemporains, me semble le plus profondément français, je n'hésiterais pas à répondre: M. Abel Hermant.[1] En effet, non seulement toutes les qualités du génie de la France éclatent dans son œuvre considérable, mais encore, grâce à la merveilleuse souplesse de son esprit, il semble, par suite de perpétuelles réincarnations, appartenir à tous les siècles à la fois. Homme du dix-neuvième au début de sa carrière, c'est parmi les humanistes platoniciens de la Renaissance qu'il conviendrait de le placer aujourd'hui. Non que sa personnalité littéraire se soit transformée. La plume qui vient d'écrire *Le Linceul de Pourpre* et *le Fils des Incas* est bien la même qui rédigea *Les Confidences d'une Aïeule*. M. Abel Hermant n'a jamais brûlé ce qu'il a adoré. Cela tient à ce qu'il s'est toujours gardé d'adorer des faux dieux. Son œuvre montre comment, s'imprégnant chaque jour davantage du génie de sa race, il n'a cessé de s'enrichir. Dans chaque siècle, il a su voir ce qu'il y avait d'immortel et d'exclusivement français. Il s'en est emparé, et il a pu ainsi opérer ce miracle: se renouveler sans cesse tout en restant toujours le même.

M. Abel Hermant quitta l'École Normale à l'époque où le naturalisme battait son plein. C'est d'après les théories de cette école que, de 1884 à 1889, il écrivit ses premiers romans. Parmi ceux-ci figure un chef-d'œuvre, l'admirable *Cavalier Miserey* qui souleva les colères de l'armée et la sotte indignation d'Anatole France.[2] Son goût de l'analyse lui inspira *Amour de Tête*. Dans

---

[1] M. Abel Hermant est né à Paris, le 3 février 1862. En 1870, il entra au lycée Bonaparte où il fit de brillantes études. En 1880, il est reçu premier à l'École Normale Supérieure. Il n'y reste qu'une année et, en 1884, il accomplit son service militaire à Rouen, dans l'ancien régiment du duc de Chartres. Son premier roman venait de paraître. Depuis lors, il n'a cessé d'écrire. En juin 1927, il fut élu à l'Académie Française, en remplacement de René Boylesve. [2] *La Vie Littéraire*, I, pp. 73–83.

Ermeline, il sacrifie à l'esthétique stendhalienne. Cependant, en 1893, *Les Confidences d'une Aïeule* révélèrent au public que M. Abel Hermant venait d'être touché par la grâce du dix-huitième siècle. C'est très justement que M. André Thérive considère cette histoire pétillante d'esprit comme la *borne médiane* de sa carrière.[1] Dorénavant, en effet, Abel Hermant donnera à la majorité de ses ouvrages ce ton d'irrespectueux badinage qui fait le charme du xviiième siècle libertin. C'est le « climat » qui lui semble le plus favorable au développement de son œuvre. Ce ton n'a pas été sans porter quelque dommage à sa réputation.[2] L'ironie est la chose du monde qu'on pardonne le moins aisément. On préférerait des insultes. Les sujets les plus profonds paraissent dénués d'importance s'ils sont traités avec grâce et esprit; les pires banalités, au contraire, présentées avec lourdeur et pédantisme, ont toutes les chances de produire grand effet. Parce que M. Abel Hermant n'a jamais fait dormir personne, on lui a reproché parfois d'être un auteur superficiel. Aussi ne soupçonna-t-on pas, au début, l'importance des *Mémoires pour servir à l'Histoire de la Société* que M. Abel Hermant commença en 1901, avec les *Souvenirs du Vicomte de Courpière, par un témoin.* En 1929, la série comprenait dix-neuf volumes où l'historien des mœurs françaises au xxème siècle trouvera une mine de documents aussi riche et aussi précieuse que celle offerte par la *Comédie Humaine* ou les *Mémoires* de Saint-Simon aux historiens de la Restauration ou de la cour du Grand Roi.

La publication des *Souvenirs du Vicomte de Courpière* fit grand bruit. Des personnes fort en vue dans la société parisienne crurent s'y reconnaître. En fait, M. Abel Hermant n'a jamais écrit de roman à clef, mais, faiseur de portraits ainsi que La Bruyère, il prend un trait par ci, un trait par là, et crée des types si vivants qu'il se trouve toujours quelqu'un pour se croire personnellement visé. Le plus souvent, un évènement po-

---

[1] *Essai sur Abel Hermant*, p. 50.   [2] Maurice Edgar Coindreau, *Abel Hermant ou les Inconvénients du Sourire*, La Revue Nouvelle, 15 février, 1926, p. 21–27.

litique ou un scandale mondain lui servent de prétexte pour étudier une classe ou un milieu. Parfois, c'est sa propre âme qu'il dévoile. N'est-il pas toujours présent dans les quatre volumes des *Confessions* et dans la superbe trilogie, *D'une Guerre à l'autre Guerre* ? S'il n'hésite point ainsi à se mettre lui-même sur la sellette, pourquoi lui refuserait-on le droit d'y mettre les autres ? Et Mme de Caillavet aurait eu bien mauvaise grâce de se fâcher parce que M. Abel Hermant pensa peut-être à son salon quand il écrivit *Les Renards*.

Entré dans le XVIIème siècle avec La Bruyère et Saint-Simon, il était inévitable qu'Abel Hermant s'intéressât aux artisans de la langue classique, à Malherbe et à Vaugelas. A l'exemple de ces puristes, il se pose lui-même, depuis quelques années, en champion de la langue française. Il le fait avec cette grâce un peu précieuse qui ne l'abandonne jamais, et il a réussi ce tour de force de parler de grammaire avec art. *Xavier ou les Entretiens sur la Grammaire Française*, les *Lettres à Xavier sur l'Art d'Écrire*, les *Remarques de Monsieur Lancelot pour la Défense de la Langue Française* forment un charmant terrain d'entente sur lequel artistes et philologues devraient logiquement venir échanger le baiser de paix.

Poussé par son amour de toutes les élégances, élégance de la pensée, élégance de la forme, M. Abel Hermant ne pouvait manquer d'aller boire à la source même de toutes les beautés: la Grèce du divin Platon. Platon devint son maître, et, pour en mieux saisir la pensée, il se donna la peine de rapprendre le grec. Après quoi, il lui consacra un volume, et ajouta un supplément au *Banquet*. Ceux qui se rappelaient *Eddy et Paddy* ne furent point surpris de ce nouvel aspect de l'auteur des *Courpière*. Déjà, en 1895, n'éprouvait-il pas le besoin d'oublier les turpitudes des hommes en se penchant sur l'âme innocente des enfants ? Et, plus tard, tout en continuant son œuvre de chroniqueur impitoyable, n'avait-il pas analysé les sentiments purs d'êtres jeunes et beaux qu'il étudiait de préférence en Angleterre, dans ces décors oxoniens si différents de ceux qu'il

avait décrits dans son premier roman *Monsieur Rabosson?*
C'est à M. Abel Hermant que nous devons les plus délicates
peintures de ces cœurs qui s'ignorent eux-mêmes ou qui n'osent
point encore montrer le trouble dont ils sont agités. M. Abel
Hermant, qu'on accuse si souvent à tort d'impudicité, est celui
des écrivains français qui sait le mieux analyser les nuances les
plus subtiles de la pudeur.

Il ne faudrait pas croire que sa quête de la beauté à travers
les âges ait jamais empêché M. Abel Hermant de vivre avec son
siècle. Dans l'intervalle de ses grandes œuvres, il charme ses
loisirs en se pliant aux usages du temps. Quand, à la fin du
siècle dernier, les romans dialogués devinrent à la mode, il
crayonna les *Scènes de la Vie des Cours et des Ambassades, Les
Transatlantiques, Trains de Luxe,* introduisant du même coup le
cosmopolitisme dans la littérature française. Il ne cesse d'écrire
pour les théâtres du Boulevard, pour différents journaux auxquels il donne des chroniques, des nouvelles, des romans où
tous les spécimens de notre triste humanité se trouvent épinglés.
Et combien aiguës sont parfois les épingles dont il transperce ses
misérables victimes! Il a abordé tous les genres. Il semble
avoir pris toutes les formes, et cependant, toute son œuvre
jouit d'une parfaite unité. Cela tient à ce qu'il y a chez lui
des éléments qui n'ont jamais changé. J'entends ces qualités
de mesure, de tact, d'élégance raffinée qui font de lui non pas
un « homme » mais bien un véritable « gentilhomme de
lettres ». M. Abel Hermant est la meilleure preuve qu'il est
une aristocratie que toutes les révolutions et les guillotines du
monde ne sauraient abolir: l'aristocratie de l'esprit. De l'honnête homme, au sens classique du mot, il possède la vaste
culture, le goût, l'urbanité de ton et de manières; du grand
seigneur, il possède l'élégance exquise et glacée, l'allure un peu
distante, la verve ironique et cinglante, enfin, ce privilège de
savoir et de pouvoir tout dire qui sera toujours, quoi qu'on en
prétende, l'apanage des âmes bien nées.

M. E. C.

CONTENTS

INTRODUCTION

Comme M. Maurice Coindreau le montre si bien, dans sa préface, l'auteur du roman que nous offrons ici aux étudiants est un des écrivains de tout premier plan de notre siècle. Et cependant, M. Abel Hermant, bien que si vivant et si moderne, est *at home* dans le siècle de Voltaire, de Marivaux, de l'Abbé Prévost, et de Bernardin de Saint-Pierre. A ce dernier il touche du moins par Paul et Virginie qui sont les arrières-cousins de sa petite Eddy et de son petit Paddy.

Dans le roman de Bernardin et dans celui de M. Hermant, le « thème », comme on dit en érudition et en musique, est le même. C'est l'amour commençant entre des êtres qui commencent aussi la vie. Par contraste et par nostalgie, ce thème a surtout séduit des époques où les hommes sont nés déjà un peu vieux, des époques, comme on dit, un peu « byzantines ».[1]

En tout cas, c'est à la période byzantine (au sens propre du mot) que se rattache le plus ancien roman sur ce thème. C'est *Daphnis et Chloë*, pastorale grecque en quatre livres attribuée à Longus et qu'on date du cinquième siècle de notre ère. Le petit Daphnis et la petite Chloë, qui ne sont point frère et sœur, ont été trouvés peu après leur naissance par des bergers de Mytilène. Ils sont du même âge et grandissent ensemble en grâce et en force dans un décor pastoral, vrai petit paradis terrestre et marin. Après des aventures (et un enlèvement même) qui les séparent pour un temps et à travers lesquelles ils se cherchent toujours, ils finissent par se rejoindre et s'épouser. Daphnis et Chloë sont aussi étroitement amis que Paul et Virginie, mais leur affection ne sonne pas la même note, et Longus la décrit

---

[1] i.e. old and decadent.

pour ses contacts plus que pour ses tendresses ... Le byzaï
Longus a autant de délicatesse que le « fin de siècle » Bernardı
de Saint-Pierre, il a peut-être encore plus de grâce, mais il n'a
pas la même pudeur. Bien qu'il fût lui-même chrétien, Longus a voulu faire une idylle païenne. Aussi est-ce sous la Renaissance[1] que ce vieux roman a commencé à provoquer, grâce
surtout à la traduction de 1559 par le bon Amyot, de nombreuses
résonances littéraires et artistiques. (Il a inspiré, il y a à peine
vingt ans, l'admirable *Symphonie Chorégraphique de Daphnis et
Chloë* par Maurice Ravel sur un scénario de danse par Fokine.)

La peinture simple et vive de l'amour entre presque enfants a
fait au moyen âge le sujet d'œuvres exquises dont il est impossi-
ble de dire si elles ont la moindre filiation avec *Daphnis et Chloë*.
Ainsi, au début du xiiième siècle, la chantefable d'*Aucassin et
Nicolette* et, à la fin, la pastorale de *Robin et Marion*[2]; ainsi, enfin, certaines parties de *l'Amadis*. Ce dernier roman connut, en
France, une popularité prodigieuse grâce surtout à l'adaptation
que Nicolas d'Herberay donna, en 1540, de *l'Amadis* espagnol de
Garci de Montalvo publié en 1509. Mais, par delà Garci, le
roman remontait à des formes médiévales. *L'Amadis* est une
lecture plaisante et on comprend le barbier de Don Quichotte[3]
qui voulait le sauver du bûcher où on précipitait la bibliothèque
du pauvre fol. De charmants épisodes de ce roman décrivent les
amours du petit Amadis et de la petite Oriane, fille du roi de
Danemark. Quand Amadis s'éprend d'Oriane, il est encore
enfant comme elle, mais il devient par cet amour un parfait chevalier. En des prouesses merveilleuses, il triomphe
des obstacles et des méchants, reste au milieu des tentations
parfaitement fidèle, et finit par rejoindre Oriane et l'épouser.
Par cette terminaison heureuse, *l'Amadis*, bien que ce soit une
« chevalerie » et non une pastorale, rappelle *Daphnis et Chloë*.
En revanche, dans *Paul et Virginie* et dans *Eddy et Paddy*, le

---

[1] The literary movement which brought the Greek and Latin literatures
into France during the xvith century. [2] Written about 1285 by Adam
de la Halle. [3] Hero of Cervantes' famous novel, *Don Quijote* (1605).

jeune couple est disjoint, chez Bernardin, par la mort, et, chez Abel Hermant, par ce que nous appelons « la vie ».

Le succès extraordinaire de *l'Amadis* lui a valu de devenir[1] en France et ailleurs une véritable Bible de la Préciosité.[2] Mais ce n'est pas, dans ce roman, le thème de l'amour entre presque enfants qui semble avoir touché les générations anciennes; c'est moins la jeunesse du héros que sa préciosité héroïque, moins ses candeurs que ses grâces galantes. La raison en est que, sous l'ancien régime, on refusait de s'attarder et de s'attendrir sur L'Enfant. Ce refus est un des traits de l'esprit classique avec sa virilité dédaigneuse. Il y a des exceptions, mais, en général, on dirait que l'intérêt pour l'enfant en littérature commence avec les *Confessions* de Rousseau. Elles n'ont paru, comme on sait, qu'après la mort de Rousseau, en deux parties, en 1781 et en 1788.

Or, juste entre ces deux dates, Bernardin de Saint-Pierre, très fervent disciple de Jean-Jacques,[3] méditait son chef-d'œuvre, *Paul et Virginie*, qui parut en 1787. Dans ce roman, comme dans la première partie des *Confessions*, nous avons un roman de l'enfance. Seulement, au lieu du petit Jean-Jacques pathétique, fils ennemi de la grande ville, Bernardin nous donne le petit Paul qui, par une espèce de revanche, accomplit sans y songer le rêve de bonheur dont fut toujours hanté vainement le pauvre Genevois. Non moins que l'exotisme de *Paul et Virginie*, ce fut cette vision d'enfance qui valut peut-être au roman son immense succès.

Pour l'auteur d'*Eddy et Paddy*, il va sans dire qu'il connaît Bernardin et n'ignore pas davantage Longus. Mais ce grand lettré, en écrivant ce petit roman, a voulu se fermer[4] à tout souvenir littéraire pour n'écouter que les rumeurs de la vie. A propos d'*Eddy et Paddy* on ne peut parler que d'échos, de résonances musicales et non livresques. *Eddy et Paddy*, c'est

---

[1] **lui a valu de devenir,** *caused it to become.* [2] A seventeenth-century literary school, characterized by an exaggerated affectation. [3] i.e. Jean-Jacques Rousseau. [4] **se fermer,** *to withdraw, free himself.*

comme un coquillage bruissant cueilli sur le rivage d'une île exilée de la Normandie ancienne.   Par le choix de ce décor, à la fois proche et mystérieux, M. Abel Hermant est plus près de Longus que de Bernardin.   Mais surtout la vision de l'île d'*Eddy et Paddy*, sur la mer des Celtes, s'est teintée de nuances particulières.   Nuances venues du folklore à travers la musique, la musique de Wagner.   Ainsi ce cri: « Ah ! le vaisseau . . . » si déchirant et si doux, jeté au seuil du livre, évoque *Tristan et Isolde*.[1]   Et j'aime aussi songer à ces deux vers de Mallarmé, dans *Brise Marine:*

> Un ennui désolé par de cruels espoirs
> croit encore à l'adieu suprême des mouchoirs.

A propos de tout ceci, un ami, qui est le meilleur des juges, me disait que notre auteur a pu être gagné par l'intérêt que l'école naturaliste a marqué à l'Enfant.   (Ainsi Daudet, dans *Le Petit Chose*[2] et *Jack*,[3] ainsi, plus tard, et en plus âpre et plus rugueux, Jules Renard dans *Poil de Carotte*.)   Mais on a le droit de voir aussi dans *Eddy et Paddy* une évasion hors du naturalisme, une de ces évasions qu'on médite sur les bancs mêmes de l'école.   Au reste, ce roman est moins la chose d'une école que d'une sensibilité.   C'est le retour attendri et amusé d'un homme vers sa jeunesse.

Ceux que la jeunesse n'a point encore quittés aimeront ce livre si jeune et si mûr, si simple et si subtil, si classique et si moderne tout ensemble.

L. C.

Pour finir, on permettra au directeur de cette collection de remercier M. Abel Hermant pour l'avoir, avec une délicatesse généreuse, laissée s'enrichir de son œuvre.

---

[1] Cf. page 1, note 1.   [2] Daudet's autobiographical novel (1868).   [3] 1876.

BIBLIOGRAPHIE

A. POÉSIE

Les Mépris (Ollendorff, 1883).

B. ROMANS

Monsieur Rabosson (Dentu, 1884).

La Mission de Cruchod (Jean Baptiste) (Dentu, 1885). Réédition sous le titre *Le Disciple Aimé* (Ollendorff, 1895).

Le Cavalier Miserey (Charpentier, 1887).

Nathalie Madoré (Charpentier, 1888).

La Surintendante (Charpentier, 1889).

Amour de Tête (Charpentier, 1890).

L'Amant Exotique (Marpon et Flammarion, 1890).

Serge (Charpentier, 1892).

Ermeline (Charpentier, 1892).

Les Confidences d'une Aïeule (Ollendorff, 1893).

Le Frisson de Paris (Ollendorff, 1895).

Eddy et Paddy (Ollendorff, 1895).

Deux Sphinx (Borel, 1896). Réédition sous le titre *La Petite Esclave* (Renaissance du Livre, 1914).

Heures de Guerre de la Famille Valadier (Lemerre, 1915).

Histoire Amoureuse de Fanfan (Flammarion, 1917).

Histoires Héroïques de mon ami Jean (Flammarion, 1917).

Phili ou Par delà le Bien et le Mal (Flammarion, 1921).

La Dame de la Guerre (Fayard, 1922).

Les Noces Vénitiennes (Ferenczi, 1923). Première édition sous le titre *Le Rat*, dans le volume *Le Joyeux Garçon* (Lemerre, 1914).

Les Fortunes de Ludmilla (Flammarion, 1924).

Le Roman de Loup (Flammarion, 1925).

L'Exode (Revue de France, 1926). Publié en volume sous le titre *Les Épaves* (Ferenczi, 1926).

Le Linceul de Pourpre (Flammarion, 1932).

Le Fils des Incas (Flammarion, 1933).

Scènes de la Vie des Cours et des Ambassades

La Carrière (Ollendorff, 1894).

Le Sceptre (Ollendorff, 1896).

Le Char de l'État (Ollendorff, 1900).

Romans dialogués

Les Transatlantiques (Ollendorff, 1897).

Trains de Luxe (Fayard, 1908).

La Fameuse Comédienne (Lemerre, 1914).

Mémoires pour servir à l'Histoire de la Société

I. *Souvenirs du Vicomte de Courpière, par un témoin* (Ollendorff, 1901).

II. *Monsieur de Courpière marié* (Fayard, 1904).

III. *Les Confidences d'une Biche* (Lemerre, 1909).

IV. *La Biche Relancée* (Lemerre, 1911).

Les Confessions:

    I. *Confession d'un Enfant d'Hier* (Ollendorff, 1903).

    II. *Confession d'un Homme d'Aujourd'hui* (Ollendorff, 1904).

    III. *La Flamme Renversée* (Flammarion, 1929).

    IV. *Épilogue de la Vie Amoureuse* (Flammarion, 1929).

    Les Grands Bourgeois (Lemerre, 1906).

    La Discorde (Lemerre, 1907).

    Les Affranchis (Lemerre, 1908).

I. *Chronique du Cadet de Coutras* (Juven, 1909).

II. *Coutras Soldat* (Juven, 1909).

III. *Coutras voyage* (Michaud, 1913).

    Histoire d'un Fils de Roi (Fayard, 1911).

    Les Renards (Michaud, 1912).

D'une guerre à l'autre guerre:

    I. *L'Aube Ardente* (Lemerre, 1919).

    II. *La Journée Brève* (Lemerre, 1920).

    III. *Le Crépuscule Tragique* (Lemerre, 1921).

LE CYCLE DE LORD CHELSEA

I. Le Cycle de Lord Chelsea:

    (*a*) *Le Suborneur* (Éditions de la N.R.F., 1923).

    (*b*) *Le Loyal Serviteur* (Édit. de la N.R.F., 1923).

    (*c*) *Dernier et Premier Amour* (Édit. de la N.R.F., 1923).

    (*d*) *Le Procès du très Honorable Lord* (Édit. de la N.R.F., 1923).

II. *Camille aux Cheveux courts* (Flammarion, 1927).

III. *Tantale* (Flammarion, 1930).

SCÈNES DE LA VIE COSMOPOLITE

Le Joyeux Garçon (Lemerre, 1914).

La Petite Femme (Lemerre, 1914).

L'Autre Aventure du Joyeux Garçon (Lemerre, 1916).

Le Caravansérail (Lemerre, 1917).

Le Rival Inconnu (Lemerre, 1918).

C. NOUVELLES

Surmenage Sentimental — Instantanés (Librairie illustrée, 1888).
    Surmenage Sentimental a été réédité dans un volume intitulé *Œuvres de Abel Hermant* (Édition Elzévirienne, Lemerre, 1906).

Cœurs à part (Charpentier, 1890). Réédition sous le titre *Cœurs privilégiés* (Ollendorff, 1903).

La Permission (dans le volume *L'Amant Exotique*, Marpon et

Flammarion, 1890). Réédition dans *Œuvres de Abel Hermant* (Un volume, édition Elzévirienne, Lemerre, 1906).

La Légende de Saint-Jean de Vespignano, Le Zitello (*Œuvres de Abel Hermant*, un volume, édition Elzévirienne, Lemerre, 1906). Le même volume contient une réimpression de *Eddy et Paddy*).

Le Premier Pas (Éditions de la Vie Parisienne, 1910).

Daniel — Le Double Prestige — Un Patriote — Les Vacances de Miss Elsie Chalegreen (Lemerre, 1910).

Le Second Tournant (Éditions de la Vie Parisienne, 1912).

Têtes d'Anges — Davy Pipe (dans le volume *L'Autre Aventure du Joyeux Garçon*, Lemerre, 1914).

La Singulière Aventure (Collection « Une Heure d'Oubli », Flammarion, 1921).

Le Petit Prince — La Clef (Flammarion, 1922).

La Marionnette — Secondes Classes (Flammarion, 1926).

Un Filleul d'Aujourd'hui (Collection Illustrée, Hachette, 1931).

CHRONIQUES ANGLAISES

L'Excentrique — Le Double — Les Ombres (Lemerre, 1924).

Les Bargain Sisters — Cyril ou le Solitaire — Pour le meilleur et pour le pire (Lemerre, 1927).

D. CRITIQUE, CHRONIQUES ET ESSAIS

Discours prononcés à la Société des Gens de Lettres (Alphonse Daudet, Alexandre Dumas, Émile Zola, H. de Balzac, Arsène Houssaye) (Ollendorff, 1903).

Le Théâtre (1912–1913) (Sansot, 1914).

Essais de Critique (Grasset, 1913).

Chroniques Françaises (Renaissance du Livre, 1916).

La Vie à Paris, 1916 (Flammarion, 1917).

Les Caractères Français ou les Mœurs de cette Guerre (sous le pseudonyme de Théophraste, Éditions de la Vie Parisienne, 1917).

La Vie à Paris, 1917 (Flammarion, 1918).

La Vie à Paris: Dernière Année de la Guerre (Flammarion, 1919).

L'Ame Étrangère, essai de psychologie contemporaines (Éditions du Carnet Critique, 1922).

Xavier, ou les Entretiens sur la Grammaire Française (Le Livre, 1923).

La Vie Littéraire, 1ère série (Flammarion, 1923).

Le Bourgeois (Collection « Les Caractères de ce Temps », Hachette, 1925).

Éloge de la Médisance (Collection « Les Éloges », Hachette, 1925).

Lettres à Xavier sur l'Art d'Écrire (Hachette, 1925).

Platon (Collection « Les Heures Antiques », Grasset, 1925).

Le Nouvel Anacharsis, Promenade au Jardin des Lettres Grecques (Grasset, 1928).

Aspasie (Collection « La Galerie des Grandes Courtisanes », Éditions M. P. Trémois, 1928).

Remarques de Monsieur Lancelot pour la Défense de la Langue Française (Flammarion, 1929).

Nouvelles Remarques de Monsieur Lancelot pour la Défense de la Langue Française (Flammarion, 1929).

Supplément au Banquet de Platon (Éditions du Trianon, 1930).

Grammaire de l'Académie Française, Discours (Firmin Didot, 1930).

Les Samedis de Monsieur Lancelot (Albin Michel, 1931).

Ainsi parla Monsieur Lancelot (Albin Michel, 1932).

Le Songe de Napoléon (Éditions du Trianon, 1932).

La Vie Littéraire, 2ème série (Flammarion, 1932).

Souvenirs de la Vie Frivole (Collection « C'était Hier », Hachette, 1933).

Madame de Krüdener (Collection « Le Passé Vivant », Hachette, 1934).

Poppée, l'Amante de l'Antéchrist (Collection « Les Grandes Pécheresses », Albin Michel, 1935).

Souvenirs de la Vie Mondaine (Collection « Choses vues », Plon, 1935).

Sous le titre « *Vérités* », M. Henry Champly a publié un recueil de pensées de M. Abel Hermant (Collection des Glanes Françaises, Sansot, 1913).

E. THÉÂTRE

La Meute, 4 actes (Renaissance, 1896) — (Ollendorff, 1896).

Comédie de Salon, 1 acte (Publiée dans la Revue de Paris, 15 août 1897, rééditée sous le titre, *La Philippine*, chez Ollendorff, 1899, et représentée, sous ce même titre, au théâtre des Capucines, en 1904).

Théâtre des Deux Mondes:

      1. *La Carrière*, 4 actes et 5 tableaux (Gymnase, 1897).

      2. *Les Transatlantiques*, 4 actes (Gymnase, 1898). (Ollendorff, 1899).

Le Faubourg, 4 actes (Vaudeville, 1899) — (Ollendorff, 1900).

L'Empreinte, 3 actes (Théâtre Antoine, 1900) — (Ollendorff, 1900).

Sylvie ou la Curieuse d'Amour, 4 actes (Vaudeville, 1900) — (Ollendorff, 1901).

L'Archiduc Paul, 3 actes (Gymnase, 1902). Non publié.

L'Esbroufe, 3 actes (Vaudeville, 1904) — (Flammarion, 1904).

La Belle Madame Héber, 4 actes (Vaudeville, 1905) — (Lemerre, 1905).

Chaîne Anglaise, 3 actes, en collaboration avec Camille Oudinot (Vaudeville, 1906) — (Fasquelle, 1906).

Les Jacobines, 4 actes (Vaudeville, 1907) — (Lemerre, 1907).

Monsieur de Courpière, 4 actes (Athénée, 1907) — (Lemerre, 1908).

Trains de Luxe, 4 actes (Th. Réjane, 1909) — (Lemerre, 1909).

C'est solide, 1 acte, en collaboration avec Yves Mirande (Concert Mayol, 1910) — (G. Ondet, 1911).

Le Cadet de Coutras, 5 actes, en collaboration avec Yves Mirande
(Vaudeville, 1911) — (Monde Illustré, 1911).

Les Transatlantiques, opérette en 3 actes et 4 tableaux, en collaboration avec Franc-Nohain, musique de Claude Terrasse
(Apollo, 1911) — (Monde Illustré, 1911).

La Rue de la Paix, 3 actes, en collaboration avec Marc de Toledo,
(Vaudeville, 1912) — (Monde Illustré, 1912).

La Semaine Folle, 4 actes (Athénée, 1913) — (Lemerre, 1914).

Madame, 3 actes, en collaboration avec Alfred Savoir (Porte
Saint-Martin, 1914) — (Monde Illustré, 1914).

Bacchus et Ariane, ballet, musique d'Albert Roussel (Opéra,
1931).

Du roman *Phili ou Par delà le Bien et le Mal*, MM. Jacques
Bousquet et Henri Falk ont tiré une pièce, *Phili*, conte moral en
6 tableaux et en vers libres (Th. Daunou, 1923) — (Stock, 1923).

Une comédie en 4 actes, *La Discorde*, a été tirée du roman du
même titre par M. et Mme Zogheb (Gymnase, 1925). Non
publiée.

EDDY ET PADDY

Ah! le vaisseau!

Tristan et Isolde, acte III [1]

I

LA MARÉE d'équinoxe montait.

Le long des grèves presque planes, les flots gris, lourds, élastiques, montaient, lentement, sûrement, vers la petite capitale de Saint-Hélier.[2] Ils assaillaient de droite et de gauche le port en miniature, par la baie de Saint-Aubin [3] et par la baie de Saint-Clément.[4] Ils l'abordaient aussi de face, au coude aigu de la jetée Victoria: ils y rejaillissaient en écume blanche.

Par-dessus la mer grise, houleuse, le ciel était gris et houleux, et le ciel restait tout près de la mer: l'angle qu'ils faisaient, à la charnière de l'horizon, s'ouvrait à peine. Mais le voile des nuages était déchiré dans toute sa largeur, de l'ouest à l'est. Une lumière pâle s'épanchait de cette fissure et baignait au loin les façades jaunes, roses ou blanches, des petites maisons alignées, çà et là faisait

---

[1] A German opera by Richard Wagner, based on the text of Gottfried von Straszburg. In the third act Tristan, wounded by Melot, the traitor, awaits the boat bringing Yseult to him before his death. *Tristan* was given for the first time, in Münich, on the 10th of June 1865, and in Paris, the 29th of October, 1900. [2] Capital of Jersey. [3] Bay in the southwest part of the island. The little town of the same name was formerly the capital. [4] Bay in the southeast part of the island.

scintiller quelques-uns des petits carreaux des fenêtres à guillotine.

La ville mignonne et souriante ne se donnait point des airs de défier l'Océan; mais elle le regardait gaîment, sans 5 peur, derrière sa vaste plage, derrière le talus de sa voie ferrée, derrière son esplanade encore; bien assise entre le fort Régent,[1] cette caserne en nid d'aigle au sommet d'un roc nu en éperon, et le fort Élisabeth, inutile défense, mais décorative silhouette, fantôme de vieux castel [2] romantique, 10 aujourd'hui recouvrant son prestige avec ce couronnement de nuées tapageuses, qui rarement s'accumulent ainsi sur l'île fortunée de Jersey.[3]

Mais la lumière n'atteignait pas jusqu'aux dernières maisons plus loin étagées, et le deuil de leurs teintes neutres 15 attristait le fond de ce clair tableau comme une arrière-pensée gâte une joie. Les collines qui ceignent la vallée confondaient leurs couleurs et leurs formes avec celles des nuages, et ces éminences du sol et du firmament, les unes érigées, les autres renversées, se soudaient, comme dans 20 une grotte les stalactites et les stalagmites.

Il n'y avait pas de bruit humain. La nature seule s'exprimait, par la plainte du vent, par le choc rythmé des vagues, et aussi par une autre voix mystérieuse, par une voix d'orchestre invisible, qui dégageait en harmonies for-25 tuites [4] et en mélodies continues l'expression musicale de l'automne, de la tourmente, de la solitude, de l'infini.

---

[1] Fort Regent is built above the city. Fort Elizabeth is on an island, about one mile from the shore. [2] **castel,** old form of *château.* The use of this archaic form reinforces the romantic atmosphere of the landscape. [3] The largest of the Channel Islands. [4] Abel Hermant tries to describe this harmony by using grey and neutral colors which suggest admirably the atmosphere of cloudy autumn days.

Pas un bateau n'était dans le port, qui paraissait abandonné. Parfois, de brèves rafales de pluie cinglaient le rivage et l'eau. Elles venaient tour à tour de l'une ou l'autre des deux nappes de nuages. Mais jamais l'abîme étroit de lumière n'était comblé par les vapeurs, même 5 durant l'ondée. Seulement les rayons s'irisaient, et de grands arcs-en-ciel se dessinaient. La ville semblait morte, comme un dimanche. Il n'y avait qu'un être humain, à la pointe de la jetée Victoria: une enfant.

Déjà si grande — mais enfant: car elle n'avait rien de 10 la femme que les signes immatériels et l'essentielle grâce du sexe; elle était vêtue d'un fourreau [1] gris, et par-dessus d'un manteau gris, soyeux, avec des reflets argentés où glissaient les gouttes comme sur le plumage toujours sec des oiseaux nageurs. Un capuchon ruché était rabattu 15 sur sa tête, et elle ne portait point de chapeau. Deux lourds panneaux [2] de cheveux noirs, lisses, et seulement une fois bouclés à leur extrémité fine, venaient en avant sur ses épaules, cachaient ses oreilles, ses joues même, pâles, et ne laissaient voir du visage que les parties qui traduisent 20 l'âme. Par son profil hardi,[3] par ses lèvres nettes,[4] surtout par la courbe de son menton long et effilé, elle accusait déjà une volonté, capable d'énergie permanente sinon d'efforts intermittents; mais ses yeux ne lui appartenaient pas encore, ils n'avaient pas de couleur propre, ils obéissaient 25 aux variations de l'atmosphère et se nuançaient au gré des

---

[1] Gown of one piece in the style of 1895. [2] **panneaux**, *strands*, implying thickness and heaviness of hair. [3] The Swiss philosopher Lavater, at the end of the XVIII century, had invented the theory of *physiognomonie*, or art of judging the character by the features of the face. Balzac and the realistic school adopted this theory.
[4] **nettes**, *well defined*.

choses qu'ils regardaient. Bleus sans doute par les temps sereins, étincelants et noirs pendant la nuit, ils étaient ce matin neutres ou gris, vagues et tumultueux.

Sa pensée ne lui appartenait pas davantage. Elle ne
5 recevait pas des objets ces impressions définies, qui, à chaque nouveau contact du monde extérieur, nous affirment la séparation et l'indépendance de notre personne. Mal détachée [1] de la nature, elle paraissait moins sentir les objets qu'en avoir conscience, comme de quelque chose de soi.
10 Aussi, tous ses gestes rares, à peine indiqués, toutes ses attitudes, lui étaient commandés par la façon d'être des éléments, autour d'elle. Lorsqu'une vague plus forte survenait, chevauchant par-dessus les autres, sa poitrine se gonflait d'un souffle plus puissant. Aux brusques sautes
15 de la brise,[2] elle trahissait comme [3] une incertitude; et de furtives lueurs s'allumaient sous ses cils baissés, quand une crête écumeuse, atteignant la zone des rayons, s'y pailletait d'étincelles. Parfois de la poussière d'eau l'enveloppait toute: ses lèvres s'entr'ouvraient, ses éclatantes dents de
20 nacre aimaient le sel. Elle se dressait orgueilleusement comme le flot qui avait surgi tout d'un coup vers des hauteurs plus ambitieuses. Elle se laissait aller avec des souplesses de vertige, les paupières closes, lorsqu'un tourbillon se creusait à ses pieds.[4]
25 Et pendant les accalmies elle regardait l'horizon fixement, d'un regard d'attente, d'un regard patient et passif. Ainsi les villes qui sont construites sur les côtes, et surtout dans les îles, regardent l'horizon, et attendent: car leur

---

[1] **Mal détachée,** *Not completely detached.*　[2] **brise** usually means *mild wind,* but it is often used by the sailors to mean a fairly strong wind.　[3] **comme,** *a kind of.*　[4] **se creusait à ses pieds,** *sucked at her feet.*

destinée, qui ne dépend point d'elles-mêmes et qu'elles ne peuvent même pas pressentir, leur arrive toujours à l'improviste du mystère de l'infini.

Née sur les rivages de cette île qu'elle n'avait jamais quittée, l'enfant n'était point venue jusqu'ici chercher un spectacle qui ne lui était point nouveau. Mais elle avait compris pour la première fois cette voix d'orchestre invisible qui dégageait l'expression musicale de l'automne et de l'Océan. Elle avait obéi à cette voix comme à une annonciation. Elle avait jeté sur ses épaules ce manteau soyeux et gris, imperméable aux ondées. « Vous sortez,[1] Eddy ? lui dit sa mère, la bonne Mme Glategny, penchée dehors, au window [2] du salon. — Oui, » répondit-elle simplement : les enfants de cette île heureuse ont la liberté de se promener seuls par les rues.[3] Obéissant à son instinct que guidait la voix, Edith Glategny prit sans y penser le chemin qui la conduisait à la mer le plus directement. Du cottage,[4] situé à l'extrémité de la rue Rouge-Bouillon, à l'entrée du riche quartier d'Almorah, elle descendit vers l'Esplanade. Mais elle ne s'arrêta point, elle poursuivit jusqu'au port, et elle hâta le pas encore le long des quais, comme si la vue de cette eau dormante l'irritait ; et elle arriva enfin à l'extrême pointe de la jetée Victoria. Elle y demeurait immobile comme à un poste d'observation.

[1] The use of the second person plural, very unusual in this case among French people, adds to the English atmosphere of the story. English words and the literal translation of English idioms are constantly used by Abel Hermant for this purpose. *Les Transatlantiques* are entirely written in anglicized French. [2] The word **window** is never used in French except in *bow-window*. [3] In 1895, it was not customary for children to go out alone. [4] This word has become a part of the French language and follows the usual rules of pronunciation.

Cependant, comme l'heure de midi approchait, les rayons
qui se glissaient par la fissure des nuages devenaient peu
à peu moins obliques. Bientôt ils tombèrent d'aplomb sur
Eddy, et malgré l'atmosphère grise, malgré ses vêtements
5 gris, elle fut lumineuse, elle fut illuminée.

Alors, par un effet miraculeux de sa puissance créatrice,
l'astre qui fait jaillir la vie de la matière inorganisée, fit
germer une personne dans cette âme qui ne se discernait
pas elle-même des objets. Les yeux d'Eddy se colorèrent
10 de nuances qu'ils ne devaient plus aux vagues de la mer ni
aux nuages du ciel. Sa pâleur dorée s'anima. Malgré
l'humidité froide, elle sentit une chaleur intime, due à
l'activité de son cœur qui précipitait ses battements, et ses
longues mains nues entr'ouvrirent le manteau. Si elle prê-
15 tait l'oreille encore à cette voix des éléments qui l'avait
attirée jusqu'ici, elle entendait une autre voix aussi, qui
n'exprimait qu'elle-même, et qui ne vibrait qu'à travers
ses méninges. Son masque de volonté [1] s'accusa davantage
et son regard despotique se concentra comme pour fasciner
20 l'infini.

Lasse déjà de cet effort, elle allait de nouveau se disperser
parmi les choses, lorsque son regard se fixa sur un point
précis, vers le sud, un peu vers l'Orient. Un navire venait
de gravir la courbe de l'horizon; déjà il était nettement
25 visible, à cause de sa couleur blanche, presque crue, qui
faisait tache sur le gris du ciel et des eaux.

D'abord, comme il était très loin, il parut voguer au
hasard, faire des circuits inutiles et capricieux. Mais dès
qu'il fut vraiment distinct, avec ses mâts courts, ses voiles
30 ouvertes pour profiter du vent arrière, sa cheminée trapue
qui vomissait une lourde fumée blanche, Eddy vit bien

---

[1] **Son masque de volonté,** *Her expression of energy.*

qu'il se dirigeait sans détour vers l'île, vers le port. Elle
fit quand même un effort de volonté superflu, de son regard
elle l'appela. Bercé par les vagues, tantôt lavé par la
pluie, tantôt doré par la lumière du soleil dissimulé, le
yacht gracieux venait. Il était léger, il était jeune, il jouait 5
avec la houle.

Quand il dut décrire une longue courbe pour mettre ensuite le cap sur le goulet [1] du port, entre la jetée Victoria
et la jetée Albert, instinctivement Eddy tourna aussi la
tête: de sorte qu'il parut encore obéir au magnétisme de 10
son regard.

Puis il fut si près qu'Eddy vit sur le pont se mouvoir les
matelots et les passagers peu nombreux. Elle vit les raies
fines et les étoiles d'un pavillon américain, dont les couleurs
vives prenaient une valeur singulière parmi toutes ces 15
choses grises uniformément. Elle lut sur les ceintures de
sauvetage le nom du yacht, l'*Ontario*. Enfin il doubla la
jetée, et dans l'eau morte du port il s'assagit. Eddy tourna
le dos à la mer, et remonta le long du quai, vers l'endroit
où le yacht allait s'amarrer. 20

Il venait d'accoster quand elle arriva: elle fut surprise
de le trouver si petit. Elle lui avait attribué des proportions surhumaines à cause du mystère de son apparition:
c'était un jouet. Comment pouvait-il tenir la mer ? Mais
il était si vigoureusement construit, qu'à le mieux voir [2] 25
elle ne s'en étonnait plus. Et elle l'examinait avec une
curiosité de sauvage, qui, pour la première fois, voit aborder un bateau dans son île.

Sur le quai jusqu'alors désert, des gens du port, sortis
on ne sait d'où, se trouvaient là pour aider à la manœuvre: 30

---

[1] **goulet,** *inlet, mouth,* referring to a harbor. Cf. *le goulet de Brest.*
[2] **qu'à le mieux voir,** *when she saw it better.*

on l'exécutait en silence.　Il y avait trois passagers, un homme jeune encore et très grand, blond et imberbe, une vieille dame à cheveux blancs, vêtue de noir, et qui ressemblait un peu à Mme Glategny: sur l'un des bancs encombrés
5 de colis, elle était assise; à côté d'elle, un enfant costumé en matelot, large col très ouvert, le béret en arrière,[1] laissant échapper sur le front des cheveux peu fournis mais fins, d'une soie légère et maniable, dorée mais pâle, comme la lumière du soleil éteinte par les nuages gris.　Il avait le
10 teint clair, éblouissant, l'éclat de la santé, la coquetterie plutôt que l'orgueil de la force, la joie de vivre dans les yeux, et une sympathie affectueuse pour tout ce qui vivait à l'entour de lui.　Il témoignait cette sympathie avec une égalité un peu banale, en distribuant aux moindres êtres
15 la faveur de ses regards très mobiles, mais inconstants plutôt qu'inquiets.

Eddy eut néanmoins le privilège de fixer cet insaisissable regard.　Le jeune matelot parut enchanté à sa vue.　Il s'épanouit, il sourit.　Et Eddy sourit ensuite, mais avec
20 plus de contrainte, plus lentement, comme si elle souriait de plus loin, de plus profondément: ses lèvres s'entr'ouvrirent à peine et s'éclairèrent de la blancheur nacrée de ses dents.　L'autre enfant rougit, mais il se fit violence. Il n'est pas très difficile de soutenir le regard d'une per-
25 sonne absolument inconnue: sa timidité put s'y résoudre. L'enfant voyageur prenait plaisir à contempler cette étrangère, qui presque seule sur le quai assistait à son débarquement, et qui se trouvait être [2] une enfant comme lui.

Lorsque la passerelle fut posée, il courut le premier à
30 terre.　Il s'arrêta non loin d'Eddy, qui semblait faire les

---

[1] **en arrière,** *on the back of his head*.　　[2] **qui se trouvait être,** *who happened to be.*

honneurs de son île. Pour la regarder, il était forcé de lever
un peu la tête, car elle était plus grande que lui. Mais il
ne s'approchait pas davantage, ni elle: ils avaient l'air de
deux enfants qui n'osent pas se demander l'un à l'autre:
« Voulez-vous jouer avec moi ? » 5

— Madame Collins ! . . .

— Oui, monsieur Higginson,[1] répondit doucement la
vieille dame.

Ils échangèrent quelques mots que l'on n'entendit point,
et ils s'éloignèrent dans la direction de la ville, suivis d'un 10
homme de l'équipage qui portait les sacs.

M. Higginson se retourna:

— Hep ! Paddy ! . . .

Paddy les rejoignit en courant. Eddy resta seule, penchée vers le yacht. Puis elle partit, hésitante; mais son 15
pas se régla bientôt sur le pas des étrangers, et, de loin,
elle les suivit. En arrivant au bout du quai, sur la place
où est la statue de la Reine,[2] elle les vit entrer à la Pomme
d'Or. Elle fit quelques pas encore et se trouva dans les
rues. 20

Elle eut ce tressaillement léger qui nous avertit nous-
mêmes que nous venons d'agir comme des automates, mais
que nous reprenons l'exercice de notre volonté. Sa démarche devint nette et résolue. Comme une petite personne active, sans même jeter un coup d'œil distrait aux 25
étalages des bazars, où les ingénieuses argenteries de dînette
fabriquées à Londres scintillaient derrière les vitres sur des
tablettes de glace, elle grimpa King Street et Hill Street.

---

[1] The use of the family name in conversation is contrary to eti-
quette in good French society. Cf. page 5, note 1. [2] Statue of Queen
Victoria (1837–1901), grandmother of George V, made by the French
sculptor Wallet.

Elle arriva au quartier des cottages où toutes les maisons
sont presque pareilles, derrière leur fossé ou derrière leur
terre-plein de ciment, les plus petites avec un seul window,
à droite ou à gauche du couloir d'entrée, les plus grandes
5 avec deux windows symétriques.   Les stores levés et les
guillotines entr'ouvertes laissaient voir d'identiques ameu-
blements clairs.   Les pianos jouaient des airs de danse ou
de chansonnettes.   Une rafale nouvelle de vent et de pluie
balaya le trottoir.   Eddy se mit à courir.

10   Elle atteignit enfin le cottage d'Almorah, qui était pareil
aux autres, aux plus grands: car Mme Glategny avait de
l'aisance.   Elle cherchait néanmoins à augmenter ses ressources en logeant des pensionnaires à l'époque des villé-
giatures.   A vrai dire,[1] son dessein était plutôt de mettre
15 un peu d'animation dans sa vie: elle était veuve.

— Vous n'êtes pas trop mouillée, Eddy ? dit cette bonne
dame, qui décidément ressemblait à Mme Collins d'une
manière frappante. — Mais aussi quelle bizarre idée de
sortir par un si vilain temps ?

20   Eddy en convint gaiement.   Elle ne s'expliquait plus
son caprice: elle n'entendait plus *la voix*, la pluie battait
trop fort sur les vitres.

— Et Dick justement qui était venu nous visiter ![2] reprit Mme Glategny.   Je craignais qu'il fût obligé de partir
25 avant votre retour: par bonheur, la pluie l'a retenu.

— Ah ! fit Eddy, je ne le voyais point.

Il faisait sombre comme le soir, à cause des nuages; et
en effet elle n'avait pas vu le jeune homme, qui timidement
demeurait assis dans un coin.   C'était un très grand garçon
30 de quinze ans, très gauche.   Il s'appelait Richard Le Bouët,

---

[1] **A vrai dire,** *To tell the truth.*   [2] English idiom, instead of *nous
faire, nous rendre visite.* Cf. page 5, note 1.

et il était cousin lointain [1] d'Eddy. Son père, cultivateur
enrichi par l'exportation des pommes de terre et des poires
de Chaumontel,[2] centenier [3] de sa paroisse, et en passe de
devenir connétable, habitait à quelque distance de Saint-
Hélier, au village de Gorey,[4] près du château de Mon-   5
torgueil. Richard était l'un des trois ou quatre jeunes gens
de l'île qui pouvaient un jour prétendre à la main d'Edith
Glategny. Il y avait convenance de fortune et d'âge, Eddy
était âgée de treize ans. Parmi ces populations restreintes,
les mariages ne peuvent guère présenter d'imprévu, et   10
Eddy savait bien qu'un jour elle épouserait Dick probable-
ment. Ils se souhaitèrent le bonjour avec des façons d'une
loyale camaraderie.

L'on prit ensuite des sièges, mais l'on ne pouvait s'occuper à rien, à cause de l'obscurité. On n'était pas non   15
plus en train de [5] causer. Mais c'était un véritable plaisir
de se sentir à l'abri, dans un home [6] confortable, pendant
que la pluie tombait, et Eddy se trouvait heureuse entre sa
bonne vieille mère et ce jeune homme destiné sans doute à
devenir son mari.   20

Vers deux heures, comme il pleuvait toujours, Mme Glategny prit sur elle de décider que Dick Le Bouët luncherait
à la maison, et l'on passa dans la salle à manger, qui était
vis-à-vis du salon, à gauche du corridor.

Au moment où Mme Glategny plongeait dans le pie froid   25

---

[1] **cousin lointain,** *distant cousin.* One may also say *cousin éloigné.*
[2] A well-known variety of pear. [3] The **centenier** is an officer in
charge of the administration of the parish. The **connétable** is the
head of the parish and also an administrative officer. [4] Little port
at the eastern end of the island. [5] **en train de,** *feel like.* [6] This
word constantly used in French can be considered as definitely belong-
ing to the language. It is pronounced as in English, the *h* being
considered as *aspiré.*

à la viande [1] un couteau démesurément long, un rayon de
soleil assez vif perça la vitre. La pluie continuait d'ailleurs
à tomber; mais chaque goutte jetait autant de feux qu'un
diamant.

5   Il fallut baisser les stores. Eddy se précipita. La guillotine était soulevée.[2] Avant de tourner la manivelle du
store, Eddy eut une curiosité instinctive. Elle se pencha.
Elle reçut quelques gouttes multicolores sur ses cheveux
noirs et lisses, qui venaient en avant de ses épaules parce
10 qu'elle était penchée.

— Eddy ! . . .

Elle n'entendait pas. Elle était stupéfaite. Voici qu'elle
apercevait, au bout de la rue Rouge-Bouillon, les trois
étrangers du yacht *Ontario*. Ils marchaient sous leurs
15 parapluies, d'un pas raide, Paddy entre Mme Collins et
M. Higginson. Et comme Eddy les regardait, ils venaient
vers elle.

— Eddy ! . . . répéta Mme Glategny.

— Oui, maman, répondit-elle d'un ton d'impatience.

20   Elle se retourna pour répondre, et presque aussitôt se
remit à la fenêtre. Mais les trois étrangers étaient passés,
ils gravissaient la pente de la rue.

Il lui parut que, si elle n'avait pas détourné la tête un
instant, si elle n'avait pas cessé de diriger sur eux son re-
25 gard despotique, ils n'auraient pas été plus loin, ils seraient
entrés dans la maison, comme tout à l'heure le yacht qui
les portait était entré dans le port.

Mais elle les perdit de vue. Elle se décida enfin à baisser
le store d'étamine. Quand elle revint vers le fond de la
30 pièce, encore éblouie de la clarté extérieure, tout lui parut

---

[1] **pie froid à la viande**, lit. 'cold meat pie.' Cf. page 5, note 1.
[2] **la guillotine était soulevée**, *the window was open.*

plus sombre. Elle ne distinguait plus que la blancheur de
la nappe, les cheveux blancs et le teint frais de sa vieille
mère. Dick était comme un fantôme.

Elle vint nonchalamment reprendre sa place entre celle
qui était tout son passé et celui qui était tout son avenir. 5
Mais elle n'était plus sensible au plaisir du home confortable et de l'abri sûr. Voici qu'elle entendait de nouveau
cette voix qui ce matin lui avait ordonné de sortir, d'aller
jusqu'au bout de la jetée, de regarder vers l'infini et d'en
évoquer l'inconnu. Mais cette voix s'affaiblissait jusqu'à 10
mourir. Et en même temps s'éloignaient les pas sonores
de celui qui était venu de la mer et que ce soir sans doute
allait remmener la mer . . .

II

EDDY tressaillit. Un coup de marteau ébranla la porte
d'entrée. Elle se leva, avant que les deux autres eussent 15
entendu. Elle courut ouvrir, avant que sa mère lui en eût
donné l'ordre. C'est elle qui devait ouvrir à M. Higginson,
à Mme Collins et à Paddy: car elle ne doutait point que les
visiteurs inattendus fussent les trois passagers du yacht.
Avant d'ouvrir la porte elle les voyait derrière, et elle aurait 20
été bien surprise si quelque autre visage lui avait apparu.

La pluie se taisait. Un instant on entendit la voix loin-
taine. Une odeur printanière de campagne mouillée se
glissa par la porte entrebâillée, une odeur printanière bien
que ce fût l'automne. Eddy et Paddy se jetèrent un regard 25
malicieux et triomphant.

Elle introduisit les voyageurs dans la salle à manger.

Mᵐᵉ Glategny s'avança vers M. Higginson, en faisant un geste de politesse et d'interrogation. Eddy apporta des chaises. On forma un cercle, en dehors duquel resta Dick Le Bouët, modestement relégué dans l'ombre.

5 Mᵐᵉ Glategny prit place, avec cette lenteur des gens que rien ne presse dans la vie, et qui ne négligent aucun détail du confortable, même quand il s'agit tout bonnement de s'installer sur un siège pour faire la conversation. M. Higginson, au contraire, en homme[1] qui sait la valeur marchande du temps, prit sur-le-champ la parole; et, après avoir vérifié l'identité de Mᵐᵉ Glategny, il lui exposa, en termes d'une précision et d'une concision louables, l'objet de sa visite.

Il affirma[2] d'abord qu'il s'appelait Justin Higginson, et qu'il se livrait à un commerce d'exportation et d'importation. Il était propriétaire de plusieurs bâtiments. Le yacht l'*Ontario*, entré ce matin dans le port de Saint-Hélier, lui servait pour ses voyages personnels, d'affaires ou de plaisance. Puis il présenta Mᵐᵉ Collins, gouvernante de son fils, qu'il présenta également, sous les noms de George Eli Patrick Higginson: familièrement Paddy.

Il déclara ensuite qu'il était veuf.

Ne pouvant s'occuper lui-même d'élever son fils, répugnant à l'enfermer dans un internat et à le sevrer des douceurs du home, il avait fait choix pour lui du collège de Jersey, dont la réputation est excellente, les prix modérés. En outre, lui-même, Justin Higginson, ne ferait pas un déplacement inutile en venant ici deux fois par an, au début et à la fin des vacances, chercher et ramener Paddy, attendu qu'il en profiterait pour nouer des rela-

---

[1] **en homme,** *like a man.* [2] Energy and decision were considered, at the end of the past century, as essentially American qualities.

tions avec les cultivateurs de l'île, et pour étendre con-
sidérablement son commerce d'exportation et d'importation.

Pouvait-il établir dans un hôtel Paddy et Mme Collins ?
Non. Quant à louer pour eux un cottage, cela paraissait 5
excessif et peu pratique. Il s'était donc, dès son arrivée,
mis en quête d'un boarding-house,[1] et la maison de Mme
Glategny lui avait été recommandée, comme tout particulièrement respectable. Il s'était égaré dans les rues, ainsi
que Mme Collins et Paddy, grâce à une fausse indication de 10
numéro. Mais, revenant bientôt sur ses pas, il avait enfin
trouvé le cottage, sur la bonne physionomie duquel il faisait
à Mme Glategny tous ses compliments.

Les conditions de la pension furent réglées à l'instant
même, et sans difficulté. Puis Justin Higginson se leva. 15
Il annonça qu'arrivé ce matin avec la marée, il repartirait
ce soir avec la marée. Et, manifestant une émotion que
l'on n'attendait point de la part d'un homme aussi exclusivement pratique, il exprima le désir de visiter, afin d'en
emporter l'image dans sa mémoire, la chambre où son cher, 20
cher Paddy allait passer quatre ou cinq ans de sa vie.
L'émotion réveillant en lui des souvenirs classiques, il
ajouta: « *Grande mortalis ævi spatium.* »[2] Mme Glategny,
bien qu'elle n'entendît point le latin, s'inclina en signe d'assentiment.
25

Tous les assistants, à l'exception de Dick, se levèrent, et
montèrent en cortège l'étroit escalier. La chambre de
Paddy était au second étage,[3] à droite du couloir et vis-

---

[1] The French equivalent is *pension de famille.* Cf. page 5, note 1.
[2] **Grande mortalis ... spatium,** *Large part of a human life* (Tacitus,
De vita Agricolae, III). Tacitus applies this sentence to the fifteen
years of Domitianus' reign. [3] **au second étage,** *on the third floor.*

à-vis de [1] la chambre d'Eddy. De même, à l'étage inférieur,
la chambre destinée à Mme Collins faisait vis-à-vis à la
chambre de Mme Glategny.

M. Higginson s'arrêta au milieu de la pièce exactement,
5 avec Mme Glategny. Paddy resta en arrière avec Mme Collins, et Eddy, seule, appuyée au chambranle de la porte.
Elle remarqua pour la première fois combien cette chambre
était intime et coquette, avec ses rideaux de cretonne claire.
Les meubles étaient de frêne tourné, avec des poignées de
10 cuivre, le lit très large, en cuivre et fer, avec un couvre-pied
de piqué blanc. Des carreaux de faïence ornaient la toilette, et au mur un tub [2] émaillé d'aspinall [3] primerose par
Eddy elle-même, faisait pendant à une poétique figure
d'enfant, chromolithographie extraite du Christmas-num-
15 ber [4] d'un grand illustré anglais.

Après un examen minutieux, Justin Higginson prit
congé. Mme Collins et Paddy l'accompagnèrent; Dick
était parti depuis longtemps. Les bagages furent apportés
peu de temps après; puis Mme Collins et Paddy rentrèrent
20 et s'enfermèrent dans leurs chambres. Eddy faisait des
bouquets pour égayer le couvert, et tirait de l'armoire
sans rien dire un saladier de cristal cerclé d'argent, que l'on
n'exhibait qu'aux jours de fête. Mme Glategny, dans la
cuisine, s'entendait avec la servante pour ajouter un entre-
25 mets au dîner.

A sept heures moins cinq, les hôtes reparurent. Mme
Collins était toujours vêtue de noir, mais elle avait changé
de robe. Paddy ne portait plus son costume de matelot,

---

[1] Notice: *être vis-à-vis de* and *faire vis-à-vis à*.   [2] Another English
word adopted by the French. However, it is pronounced as in
English.   [3] An enamel paint in common use at that time.   [4] The
French equivalent is *numéro de Noël*. Cf. page 5, note 1.

mais des pantalons gris fer, une très courte veste à trois coutures, avec un col de chemise exactement rond, très empesé, et luisant comme la porcelaine des assiettes.

Le dîner fut un peu solennel, mais cordial; il semblait que Mme Glategny eût à sa table des invités plutôt que des hôtes payants. La conversation des deux dames ne dépassait point la banalité; les deux enfants, d'une sagesse exemplaire, se regardaient sans rien dire. Dès que l'on sortit de table, ces deux dames, observant qu'ils tombaient de sommeil, leur conseillèrent d'aller se coucher. Ils partirent ensemble.

Dans l'antichambre, Eddy enseigna à Paddy la place des allumettes et des bougeoirs. Puis ils montèrent les deux étages silencieusement, et ils s'arrêtèrent dans le corridor entre les deux chambres fraternelles.

Eddy lui dit:

— Vous savez, si vous manquez de quelque chose,[1] il ne faudra pas craindre de m'appeler.

Il répondit:

— Je vous remercie . . . et après un temps, avec un effort: Bonsoir, mademoiselle.

— Bonsoir, monsieur.

Ils se touchèrent la main. Ils s'enfermèrent dans les chambres à double tour.[2] Mais Edith ne se décidait point à se mettre au lit. Elle revint frapper à la porte de Paddy.

— Vraiment, dit-elle, vous ne manquez de rien ?

— De rien, vraiment.

— Vous n'avez pas l'habitude de boire avant dormir ?

---

[1] **si vous manquez de quelque chose,** *if you need something.* [2] In old-fashioned locks, the key was turned twice to insure the catching of the lock.

— Oh ! non, papa l'a bien défendu.

— Bonsoir, monsieur.

— Je vous souhaite une bonne nuit.

Il parlait de son lit, où il était blotti déjà dans les draps
5 un peu rêches, sous la couverture de piqué blanc. Il s'y
endormit sans peine: né cosmopolite et nomade, le pays
inconnu, la maison étrangère, le lit nouveau ne le trou-
blaient point.

En bas, dans le salon, Mme Glategny et Mme Collins tra-
10 vaillaient ensemble à des ouvrages de broderie et s'entre-
tenaient familièrement. Mme Glategny était une personne
réservée, et Mme Collins une personne discrète; mais il
fallait considérer que Mme Collins et Paddy n'étaient point
des hôtes de passage. Ils entraient pour ainsi dire dans la
15 famille, ils étaient aussi désormais les seuls étrangers que
Mme Glategny pouvait accueillir dans le cottage d'Almorah,
puisqu'elle n'avait que deux chambres à louer, jusqu'au
départ lointain de Paddy. Ces dames jugèrent donc à
propos de s'expliquer leur caractère, et se mirent au courant
20 de leur passé.

Il se trouva que leurs goûts étaient identiques, ainsi que
le pouvait faire présager la ressemblance de leur physionomie et de leurs allures. Elles aimaient l'ordre, le confortable, elles étaient douées d'une sentimentalité vive,
25 et, pauvres d'esprit,[1] elles possédaient la divine intelligence
du cœur. Elles y avaient atteint [2] cependant par des voies
opposées.

On donnait à Mme Collins ce titre de madame par respect.
Elle n'avait jamais été mariée. Elle ne s'était d'ailleurs

---

[1] A slightly ironical remark inspired by the Gospel according to
St. Matthew v, 3: " Beati pauperes spiritu ... " [2] Notice the use of
the indirect object to convey the idea of effort.

jamais appartenu.[1] Elle comprenait tout, parce qu'elle ne savait rien de la vie réelle et vulgaire. En lui confiant Paddy, Justin Higginson avait confié véritablement son cher, cher fils à une créature céleste.

Mme Glategny, au contraire, avait vécu avec une rare intensité, bien que sans aventures ni péripéties. Elle avait aimé uniquement et passionnément son mari. Cet amour, toujours partagé, n'avait jamais été contrarié. Ensuite M. Glategny était mort. De sorte que, dans son petit coin d'existence, elle avait connu les sommets de la félicité et de la douleur humaines.

Elle donna une grande preuve d'amitié à Mme Collins en partageant avec elle le gouvernement de la maison. En peu de jours — il leur fallait[2] si peu de jours pour se connaître entièrement — leur intimité devint absolue.

Les enfants ne firent point de même; et pourtant ils avaient, eux, pour se séduire l'un l'autre, le charme de leur beauté, la splendeur de leur enfance. Mais à cet âge, si le coup de foudre d'une amitié instinctive est plus fréquent, l'établissement d'une intimité réfléchie comporte plus d'hésitations et de marchandages. Les enfants ressemblent à ces sauvages — des enfants aussi, qui n'abordent les nouveaux venus qu'avec une extrême circonspection. Nos cérémonies de politesse ne sont guère que des reproductions surannées de ces gestes propitiatoires que faisaient nos premiers ancêtres, lorsqu'un étranger, peut-être à craindre, se présentait devant eux. Nous en avons perdu le sens et nous les exécutons machinalement. Mais pour les enfants — des sauvages, elles recouvrent leur signification et leur utilité immédiate. Aussi, rien de plus cérémonieux que

---

[1] **Elle ne s'était...jamais appartenu.** *She had never been independent.* [2] **il leur fallait,** *they needed.*

les débuts d'une liaison entre deux enfants. Eddy et
Paddy en étaient encore à s'appeler [1] monsieur et mademoiselle, ou M. Patrick ou Mlle Edith, alors que les deux
bonnes dames avaient déjà renoncé à toute formule. Si
5 même elles ne s'appelaient point simplement de leur petit
nom,[2] c'est que, depuis la mort de M. Glategny, sa veuve
ne souffrait plus qu'une créature humaine lui donnât le
nom que son unique amour lui avait donné. Pour la mettre
à son aise sur cet article, Mme Collins ne révéla pas le
10 sien.

Les enfants, sur la défensive, ne se livraient à aucun jeu.
Loin de chercher les tête-à-tête, ils ourdissaient des ruses
compliquées pour garder toujours en tiers une de ces
dames. Si, malgré toute leur politique, ils se trouvaient
15 seuls, cela ne leur était point agréable. Le soir, ils ne perdaient guère de temps dans l'escalier ni dans le corridor.
Ils tempéraient la froideur de leur adieu par un sourire
aimable, mais forcé. Ils s'enfermaient aussitôt jalousement, comme si chacun d'eux eût redouté de la part de
20 l'autre une tentative d'incursion.

Paddy était le plus craintif. En dépit de sa vigueur
précoce, de sa magnifique santé, cela n'étonnait point, à
cause de ses allures plus timides, de sa taille moindre, de
ses cheveux blonds et de ses rougeurs faciles. Eddy était
25 méfiante, mais plus hardie: elle rougissait aussi moins
souvent; elle avait le teint chaud et les cheveux noirs; et
comme elle était un peu plus grande, Paddy, pour la regarder, était toujours forcé de lever les yeux.

Leur embarras augmenta beaucoup, au bout de cinq ou
30 six jours: assistant par hasard à la première rencontre ma-

---

[1] **en étaient encore à s'appeler,** *were still at that stage of calling each
other.*   [2] One may say also *prénom, nom de baptême.*

tinale de Mme Collins et de Mme Glategny, ils consta-
tèrent qu'en se souhaitant le bonjour, les deux dames
s'embrassaient. Ils en furent choqués. Ils eurent peur
qu'on remarquât leur froide politesse. Ils pensèrent que
si l'on voulait les contraindre de s'embrasser ainsi, ce serait 5
une tyrannie insupportable. Ils se montrèrent irrités et
boudeurs toute l'après-midi. Leur adieu, le soir, fut plus
sec. Mais la glace fut rompue [1] le lendemain matin.

C'était, pour Eddy comme pour Paddy, le jour de la
rentrée des classes: car elle allait aussi dans un collège de 10
filles. Ils devaient partir ensemble le matin et revenir
ensemble le soir. Le départ était de bonne heure: il fallait
déjeuner en hâte. Lorsque les enfants prirent congé,
Mme Collins et Mme Glategny étaient encore occupées à
beurrer leurs toasts.[2] Paddy sortit le premier. L'air 15
était frais et piquant, le ciel gris. Eddy vint le rejoindre
enfin, comme il se retournait pour l'appeler. Il vit alors
que Mme Glategny s'était levée et se penchait au window.
Eddy posa deux doigts sur ses lèvres et envoya un baiser à
sa mère. 20

Avec des façons insoucieuses et parfois même un peu
bourrues, Paddy avait, comme Justin Higginson, des at-
tendrissements. Cette mièvrerie l'enchanta. Il regretta
peut-être obscurément de n'avoir plus de mère, lui, à qui
envoyer des baisers. Il fit un signe affectueux, mais moins 25
familier, à Mme Glategny. Puis il toucha le coude d'Eddy.
« Allons . . . » lui dit-il, et il se sentit au cœur une grande
sympathie pour elle.

Lorsqu'il eut passé toute la journée avec des garçons

[1] Compare this idiom with *être en froid avec quelqu'un, jeter un froid.*
[2] This word has become a part of the French language and is pronounced as in English.

qu'il ne connaissait pas du tout, il eut plaisir à retrouver son amie et à revenir avec elle dans le crépuscule. Pour marquer tout de suite qu'à présent il ne pouvait plus la confondre avec des indifférents et des inconnus, il lui cria
5 d'une voix forte: « Bonjour,[1] Eddy ! » C'est elle qui rougit, cette fois, mais il n'en put rien voir, car le soir tombait. Elle répondit d'une voix moins assurée: « Bonjour, Paddy ! » Et aussitôt, ils goûtèrent le bonheur parfait. Ils revinrent avec des allures d'enfants moins sages, avec
10 des gambades qu'au plein jour leur cant [2] instinctif ne leur aurait point permises.

Toutes choses leur paraissaient charmantes. Ils avaient grand'faim.[3] Cependant, dès qu'ils se mirent à table, ils eurent l'appétit coupé.[4] Ils étaient un peu fiévreux comme
15 sont les enfants, ces merveilles de finesse et de fragilité, pour le moindre changement dans le régime ou dans l'étiquette de leur vie. Très fatigués, mais n'ayant point sommeil, ils allèrent se coucher à l'heure habituelle par obéissance. A la porte de leur chambre ils s'embrassèrent
20 sans hésitation, en répétant: « Bonsoir, Eddy. — Bonsoir, Paddy. »

Ils s'enfermèrent quand même très soigneusement. Puis Paddy se déshabilla et sauta dans son lit. Mais comme il avait, ce soir, les gestes fort saccadés, il accrocha du bout
25 de sa manche son bougeoir, un de ces anguleux bougeoirs anglais à vaste cuvette,[5] laqués de couleurs éclatantes. Le monument s'effondra. La bougie s'éteignit en se brisant sur le parquet, et la boîte d'allumettes fut projetée si loin

---

[1] **Bonjour !** *Hello !*   [2] Cf. page 5, note 1.   [3] Compare with *grand'soif, grand'peur, grand'peine.*   [4] **ils eurent l'appétit coupé,** *they lost their appetite.*   [5] **à vaste cuvette,** *with a base shaped like a large bowl.*

qu'il ne put venir à bout de la retrouver dans cette obscurité profonde.

Paddy était, pour certains détails de la vie, maniaque
comme un vieux garçon. Il se persuada que si une fois par
hasard il s'endormait sans avoir des allumettes sous la main, 5
il se réveillerait certainement et serait malade au milieu
de la nuit. Très nerveux, un peu mal à son aise vraiment,
il ne put supporter cette idée. Il alla, à tâtons, jusqu'à
sa porte, dont il eut grand'peine encore à trouver la serrure.

Il appela: 10
— Eddy !
— Qu'y a-t-il ? [1]
Il s'expliqua, elle se mit à rire:
— Attendez, fit-elle, je viens.
Et elle sauta légèrement à bas de son lit.   15
Il referma vivement sa porte, au moment où Eddy ouvrit
la sienne. Elle fut prise du fou rire.[2]
— Où êtes-vous donc ? [3]
— C'est, répondit-il, que je suis déjà déshabillé.
— Moi aussi, dit-elle naïvement; et ils restèrent bien 20
embarrassés.
— Entr'ouvrez seulement votre porte, reprit Eddy, je
vous passerai mon bougeoir.
Il tendit la main, mais le bougeoir d'Eddy était encore
plus monumental que le sien: autant ouvrir à deux bat- 25
tants.[4]
— Eh bien ! dit-elle, remettez-vous donc au lit: je
pourrai entrer chez vous.

[1] **Qu'y a-t-il?** *What is the matter ?* [2] **Elle fut prise du fou rire,**
She burst out into unrestrainable laughter. [3] **Où êtes-vous donc?**
But where are you ? [4] **autant ouvrir (la porte) à deux battants,** *better
open the door wide.*

Telle était leur candeur que cet étrange compromis leur
donna pleine satisfaction. Dès que Paddy fut blotti sous
ses couvertures, Eddy entra, toute blanche et plus long
vêtue [1] que si elle avait porté la plus longue de ses robes.
5 Ses cheveux, au lieu de venir en avant de ses épaules, pour
dormir lâchement noués derrière la tête, dégageaient son
visage, qui en paraissait éclairci et transfiguré, et elle n'avait
rien de corporel que le visage, qui n'est qu'une matérialisa-
tion de l'âme; elle laissait voir aussi ses pieds nus qui ne
10 semblaient point la porter.[2]

Le regard de Paddy fut attiré vers ces pieds d'ange, vers
ces pieds de messager céleste. Comme il avait, en conséquence de son éducation évangélique, la tête toute farcie
des formules de la Bible, une phrase des Écritures lui revint:
15 « Qu'ils sont beaux, les pieds de ces hommes ! » [3] L'appli-
cation de ce texte à Eddy lui parut prodigieusement comique. Il eut un nouvel accès de gaîté. Eddy se jeta dans
un fauteuil en riant aux éclats.

Elle aperçut tout d'un coup les allumettes, qu'ils ou-
20 bliaient bien tous les deux. Elle ramassa la boîte, et avec
un petit air sérieux, avec un geste autoritaire, elle dit:
« Voyons,[4] Paddy, il faut dormir. » Mais elle ne se décidait
pas encore à le quitter.

— Vous n'avez besoin de rien ? dit-elle.
25 — Non, fit-il, et il soupira.

Elle devina qu'il ne disait point la vérité. Elle le gronda.

---

[1] The idiom *court vêtue* is more frequent. Cf. La Fontaine, *La lai-*
tière et le pot au lait: " Légère et court vêtue, elle allait à grands pas."
[2] Eddy is painted here like the saints on church windows in order
to bring logically to Paddy's mind the Biblical quotation of the
following paragraph.   [3] Isaiah lii, 7: " How beautiful are the
feet of them that bring tidings of good things."   [4] **Voyons, Come,**
come!

Et il finit par avouer qu'il avait très chaud, la gorge sèche.
Ah ! il aurait bu volontiers, sans la défense de papa. Elle
combattit raisonnablement ses scrupules. « La défense,
dit-elle, n'avait trait qu'à une habitude régulière, et il ne
ferait pas mal de boire une fois par hasard, s'il avait soif. » 5
Elle lui prépara un verre d'eau sucrée. Il se souleva, et
elle le fit boire en le soutenant. « Bonsoir, » dit-il ensuite,
avec une jolie moue. Eddy se pencha, et lui posa sur le
front un baiser, qu'il reçut coquettement sans le rendre, en
enfant gâté à qui toutes les caresses sont dues. 10

Paddy, durant sa première enfance, avait été l'objet de
soins assidus, mais virils. Il ne soupçonnait point certains raffinements. L'ingénieuse complaisance d'Eddy
multiplia ses besoins, et mille commodités ou mille délicatesses lui devinrent indispensables auxquelles il n'avait 15
jamais songé. Comme son amie seule pouvait les lui procurer, il se mit sous sa tutelle [1] nonchalamment, et lui qui
jusqu'alors savait se débrouiller de tout [2] avec une gentille
précocité, il se montra désormais incapable de plus rien
faire par lui-même. 20

Mme Glategny ne se contentait point d'envoyer sa fille
au collège. Elle lui donnait dans la maison même cette
éducation du ménage qui prépare les épouses accomplies.
Eddy eut bientôt, comme Mme Glategny et Mme Collins,
des attributions particulières et bien déterminées. Il parut 25
tout simple que ce fût elle qui s'occupât exclusivement de
Paddy. Elle mettait en ordre, elle tenait en état ses vêtements et son linge. Elle lui faisait d'humbles raccommo-
dages. Elle prenait surtout plaisir à soigner les costumes
de jeu. Elle voulait qu'il fût mieux équipé, et plus élé- 30

---

[1] **il se mit sous sa tutelle**, *he put himself under her protection.*
[2] **savait se débrouiller de tout**, *knew how to overcome every difficulty.*

gamment que les autres, pour ces exercices de force et
d'adresse où l'orgueil physique devient légitime, et où il
avait le droit de mettre en valeur sa beauté mâle, sa grâce
d'adolescent. Elle n'avait pas d'autre poupée que son
5 ami. Lui aussi trouvait cela tout naturel; il devenait
volontiers exigeant: et déjà se formait entre eux ce lien
d'utilité domestique, d'habitude, qui, entre les hommes et
les femmes, est plus fort que tout sentiment.

Paddy connaissait donc cette joie de la sécurité absolue,
10 privilège des hommes sur qui veille une femme constamment et uniquement. Paddy, en cet asile de hasard, goûtait pour la première fois les douceurs du home et de la
patrie, lui dont l'enfance nomade avait erré de rivage en
rivage avec la flottante maison paternelle. Et il s'attachait
15 par la reconnaissance à ce joli cottage d'Almorah, qui lui
révélait le bonheur sédentaire.

Mais il avait bien peu de temps chaque jour pour savourer le plaisir d'habiter cette chère demeure. Il fallait
partir dès le matin. Le soir, aussitôt après le dîner, il
20 fallait dormir. Heureusement, il pouvait profiter des jours
de congé, car ce fut comme un fait exprès[1]: jusqu'au printemps, jusqu'à la veille de Pâques, des froids ou des pluies
empêchèrent les deux enfants de sortir ces jours-là, et les
firent se calfeutrer, toute la longue après-midi, dans le
25 salon.

Paddy avait eu besoin de plusieurs semaines pour apprendre à bien connaître ce salon: la vue des enfants est
lente, studieuse, leurs souvenirs en revanche sont ineffa-
çables. Il n'était plus[2] maintenant un seul coin, un seul

---

[1] ce fut comme un fait exprès, *it seemed as if it were foreordained.*
[2] Il n'était plus, *There was no longer.*

détail de cette pièce que Paddy Higginson ne possédât.[1]

C'était un carré long, auquel s'ajoutait un window à cinq
côtés. Une table octogonale, en bois laqué, d'un blanc
tirant sur le gris, était placée au milieu du window dont 5
elle épousait les angles.[2] Elle supportait un vase de faïence
jaune où était planté un araucaria, et une très haute lampe
de cuivre rouge incrusté de faux saphirs cabochons. Des
stores de grosse étamine écrue, bordés d'une dentelle qui
était l'œuvre de Mme et de Mlle Glategny, se déroulaient 10
devant chacune des guillotines du window: ils étaient
toujours, comme par caprice, montés à des hauteurs dif-
férentes.

Le papier des murs était semé de gros chrysanthèmes
d'un jaune pâle, parmi des feuillages d'un vert figue; les 15
meubles, fauteuils ou chaises, laqués de blanc, étaient
garnis de coussins en cretonne, où un fouillis de fleurs jaunes,
bleues et roses ne laissait apercevoir aucun fond. La
cheminée de bois ornée de faïences était surmontée d'une
étagère à plusieurs planchettes irrégulièrement distribuées, 20
où des bibelots, qui avaient l'air de jouets, se reflétaient
dans des glaces.

Au fond du salon, dans l'un des angles, il y avait un
meuble de coin assez lourd et d'une amusante bizarrerie,
formant tout ensemble étagère et divan. C'était la place 25
favorite d'Eddy et de Paddy. Ils s'y asseyaient tout contre
l'un l'autre, et lisaient ou regardaient au même livre.

Les jours de semaine, aux heures du repos, il leur suffisait
de voir des images. Un illustré qu'ils recevaient de Londres
leur donnait régulièrement deux ou trois scènes de la vie 30

---

[1] **ne possédât,** *did not know.* Cf. *posséder à fond quelque chose.*
[2] **dont elle épousait les angles,** *into the angles of which it fitted exactly.*

des cours, des paysages de l'Afrique centrale et des colonies
asiatiques, des croquis d'explorateurs. Il y avait aussi,
dans les dernières pages, des portraits de boxeurs dépouillés jusqu'à la ceinture. Ces musculatures mon-
5 strueuses arrachaient à Paddy des cris d'admiration.

Mais plus souvent ils feuilletaient les albums où Walter
Crane, en dessinant pour l'enfance les traditionnels personnages de la mythologie, a su restituer à ces créatures de
l'imagination primitive une grâce de puérilité vivante, qui
10 est leur plus irrésistible séduction. Eddy et Paddy ap-
prenaient ainsi à jouir de la beauté plastique, d'une attitude noble, d'un geste et d'une harmonie de couleur.

Le dimanche, ils se privaient volontairement de ces di-
vertissements profanes. Habillés dès le matin, graves,
15 inoccupés, ils prenaient la Bible. Ils s'asseyaient d'ailleurs
à la même place, et lisaient ensemble. Ils interrompaient
souvent leur lecture pour se communiquer leurs réflexions.
Leur piété était naïve, étroite, mais quelquefois elle s'élevait, sans aucun effort, jusqu'au sublime.

20 Lorsqu'ils eurent de plus beaux dimanches, leurs habitudes ne s'en trouvèrent modifiées qu'à peine: ce n'est
pas l'usage de se promener le jour du Seigneur. Mais, au
lieu de rester dans le salon, ils allaient lire dans le jardin,
situé derrière la maison, entre des murs bas qui le séparaient
25 d'autres petits jardins pareils. Ils aimaient à y chanter
des cantiques, et parfois ils interrompaient leur chant afin
de se prêcher l'un l'autre.

Le dernier dimanche avant Pâques, un fuchsia arbores-
cent, qui était planté au fond du jardin, leur apprit par ses
30 fleurs que le printemps était revenu.[1] Cette bonne nou-

---

[1] Similarly, in Bernardin de Saint-Pierre's *Paul et Virginie*, the
children notice the passing of time only from the changes in nature.

velle les émut. Paddy fit halte devant l'arbre, et toucha
légèrement les fleurs naissantes, comme pour les caresser,
sans leur faire mal. Puis, avec une timidité, mais avec une
solennité aussi, et un enthousiasme contenu, il dit:
« Louons Dieu, Eddy ! »   5

Elle ne répondit point. Elle restait devant lui modeste
et les yeux baissés, comme une servante devant un prêtre.
Elle semblait comprendre que c'est l'homme, non la femme,
qui doit exercer le culte.

Alors, d'une voix chaude et pourtant étrangement aiguë, 10
mais voilée, il chanta:

> *O nostre Dieu et Seigneur amiable,*
> *Combien ton nom est grand et admirable*
> *Par tout ce val terrestre spacieux*
> *Que ta puissance esleve sur les cieulx.*   15
>
> *En tout se veoit ta grand'vertu parfaicte*
> *Jusqu'à la bouche aux enfants qu'on alaicte,*
> *Et rends par là confus et abbatu*
> *Ton ennemy qui nie ta vertu.*[1]

Ils firent quelques pas en silence. Tout à coup Eddy 20
murmura d'une voix craintive, comme si elle avait peur de
la haute pensée qu'elle exprimait: « Quand on pense,
Paddy, que la vie n'est peut-être qu'un rêve ! » Il hocha
la tête. « Peut-être, » répondit-il.

Mais ayant réfléchi un instant, il reprit: « Qu'entendez- 25
vous par là, Eddy ? » Et il cassa une petite branche. Elle
fit, sans répondre, un geste vague, et longtemps après elle
répéta: « Un rêve . . . » Ils allèrent s'asseoir sur le banc.

---

[1] First two stanzas of Psalm viii: " Domine, deus noster, quam
admirabile," translated by Clément Marot (*Œuvres de Clément Marot*,
ed. J. Plattard, 1931, T. V, p. 215, lines 1–9).

Les arbres, dont les pousses trop jeunes n'offraient point
de prise aux souffles, ne remuaient point. Les rameaux encore secs bruissaient imperceptiblement. Le fuchsia seul
se balançait et ployait déjà sous le poids de ses tendres
5 fleurs en grappes. Les deux enfants le contemplaient, et,
sans comprendre eux-mêmes s'il y avait un sens caché dans
les paroles qu'ils avaient prononcées au hasard, ils étaient
pris d'une grande tristesse, à la pensée que ce fuchsia et
toutes les autres choses de la nature n'avaient peut-être
10 aucune réalité, n'étaient qu'un rêve.

Mais à l'improviste Paddy fut suffoqué par une violente
joie. Il eut un indomptable besoin de crier ou de chanter.
Il crut naïvement que c'était un nouvel accès d'enthousiasme religieux, et il attaqua un autre psaume:

15   *O Seigneur Dieu, que tes œuvres divers*
        Sont merveilleux par le monde univers!
        O que tu as tout fait par grand'sagesse!
        Bref la terre est pleine de ta largesse . . .

Il se recueillit un instant. Il reprit, mais d'une voix si
20 sourde, si étouffée, qu'elle semblait venir de très loin:

        Quant à la grande et spacieuse mer,
        On ne saurait ne nombrer ne nommer
        Les animaux qui vont nageant illeques,
        Moyens, petits et de bien grands avecques . . .[1]

25 Eddy, que les formes rudes de cette poésie ne décon-
certaient point, prenait garde seulement à certains mots,
« la grande, la spacieuse mer », et à la voix mystérieuse de

---

[1] Psalm civ: " Benedic, anima mea, Domino, Domine Deus,"
translated by Clément Marot (id. p. 275, line 93).

Paddy; et elle se rappelait l'autre voix mystérieuse qui lui avait ordonné naguère d'aller jusqu'au bout de la jetée regarder la mer infinie. Et, une seconde, Paddy reprit son rôle d'inconnu, d'hôte passager, d'étranger venu de la mer et qui s'en retournerait par la mer. Elle eut froid. Mais 5 aussitôt, d'un geste moins réservé que de coutume, elle saisit la main de son ami, la pressa avec force, avec peur.

— Paddy, dit-elle, est-ce que vous songez quelquefois à la mort ?

— Très souvent, répondit-il avec simplicité: maman est 10 morte.

Eddy songea qu'elle aussi, elle était orpheline, et, se comprenant tous les deux, ils se sourirent.

Elle reprit, plus sombre:

— C'est une chose terrible, la mort. 15

— La mort de ceux que nous aimons, répliqua-t-il, parce qu'alors ils nous quittent et nous avons du chagrin; mais la mort elle-même est aimable.

— Vous n'auriez pas peur de mourir, Paddy ?

— Non, dit-il sincèrement. 20

Elle se rasséréna sur-le-champ: « Ni moi, » dit-elle.

Alors il sourit encore, et avec une adorable confiance il affirma: « Nous serons heureux éternellement. »

Ils se levèrent et se tenant par la main ils retournèrent vers la maison. 25

Ils y trouvèrent Dick Le Bouët, que Mme Glategny venait de retenir à dîner. Bien qu'il demeurât à peu de distance, Richard faisait peu de visites au cottage d'Almorah, il se déplaçait malaisément, et Paddy ni Eddy ne l'avaient revu encore depuis le jour de l'arrivée. Paddy, en y réfléchis- 30 sant, se trouvait beaucoup plus intime dans la maison que ce petit cousin qu'on voyait de loin en loin et de qui on ne

s'inquiétait guère; quand même, et en dépit de cette fa-
miliarité passagère, Paddy n'était que l'hôte, l'étranger:
« Quant à la grande et spacieuse mer . . . » murmura Eddy,
et elle regarda Paddy, elle lui sourit comme afin de le con-
5 soler.

La soirée fut triste; et puis, comme tous les dimanches,
on dîna une heure plus tôt, sans appétit, l'après-dînée [1] fut
trop longue. Ils avaient hâte de monter et de s'enfermer
séparément dans leurs chambres. Ils s'obstinèrent contre
10 eux-mêmes.[2] Eddy entra chez Paddy, elle y demeura longtemps, inutilement. Tous les menus services qu'elle lui
rendit ne firent que leur marquer davantage à tous les deux
qu'elle était comme une servante, et lui, le voyageur qui
passe.

15 Le voyageur, depuis des semaines enchaîné à un foyer
par le charme d'une enfant femme, sentit, dans les jours
qui suivirent, ressusciter en lui l'esprit nomade. Le printemps, soudain magnifique, l'invitait à l'extérieur. Il se
rappela que Jersey était une île. Il avait beaucoup navigué
20 sur le yacht paternel, et il avait rencontré beaucoup d'îles
par les mers, il avait tourné tout autour, il ne se les figurait
point d'après le témoignage des livres, mais d'après la vue
de ses yeux. Jusqu'alors, il n'avait pu croire que Jersey
fût pareille aux autres: il y trouvait trop de sécurité, il
25 n'avait pas le sentiment d'être assiégé par l'infini de toutes
parts. Il connut soudain le mal des îles,[3] le malaise d'être
isolé.

Il n'avait point visité sa nouvelle patrie, il n'en connais-

---

[1] One usually says *la soirée*. [2] **Ils s'obstinèrent contre eux-mêmes,**
They fought obstinately against themselves. [3] **le mal des îles,** lit. ' island
sickness '; suffering caused by the feeling of isolation. Cf. *mal des
montagnes*.

sait rien que la petite capitale de Saint-Hélier, et il se
rappelait qu'il avait débarqué un jour sur une rive déserte.
Alors il se persuada qu'à l'exception de la ville tout le reste
de l'île était inconnu et inhabité. L'aventureux enfant
conçut aussitôt le désir d'y faire des explorations, et d'em- 5
mener avec lui, comme guide indigène, comme sauvage
compagnon, la gracieuse Eddy.

Ils avaient, à l'occasion de Pâques, trois semaines de
vacances, et ils étaient entièrement libres: M. Higginson
ne devait· enlever son fils que pour les vacances d'été. 10
Quant à Mme Collins et à Mme Glategny, elles ne voyaient
point d'inconvénient à laisser les deux enfants sortir seuls,
même pour aller très loin, et elles n'étaient pas femmes à se
fatiguer avec eux.[1]

Trois semaines ! Cet espace de temps leur paraissait 15
fabuleux. Ils auraient pu accomplir le tour du monde !
Ils se donnèrent des allures de flibustiers. Pour les plus
modestes excursions, ils se réveillaient à des heures indues.
Ils allaient réciproquement se secouer dans leur lit avec
une rudesse toute garçonnière,[2] et ils s'affublaient de cos- 20
tumes de montagnards écossais.

De ces promenades entreprises dans un esprit si furieusement romanesque, ils rapportaient des images qui n'avaient
aucun rapport avec la réalité des objets. Ils avaient,
comme tous les enfants, un pouvoir vraiment prodigieux 25
de déformer les choses qu'ils voyaient. Paddy voulait que
l'île fût déserte, inculte peut-être:·il n'en démordait point [3]
même quand il parcourait les campagnes si apprêtées qui

---

[1] **elles n'étaient pas femmes à se fatiguer avec eux,** *they were not
women willing to tire themselves out following them.* [2] **avec une rudesse
toute garçonnière,** *like rough boys.* [3] **il n'en démordait point,** *he held
tenaciously to his idea.*

environnent Saint-Hélier. Les enfants, comme les artistes primitifs, conçoivent la nature avec des lignes simplifiées et des symétries excessives. Quand ils rencontrent des paysages disposés géométriquement, des allées nettes, des
5 arbres qui se font pendant, ils ne s'étonnent point, ils n'y soupçonnent point l'œuvre des hommes.

Les gras pâturages normands, où paissent de courtes vaches, rappelaient à ces fantaisistes observateurs les prairies de l'Amérique du Sud, que d'ailleurs Paddy lui-
10 même ne connaissait point, sinon par ouï-dire: Ils s'attendaient à voir surgir quelque Bas-de-Cuir [1] silencieux au tournant de chacune des haies. Pouvaient-ils ne point songer aux forêts vierges, quand ils sondaient du regard ces haies monstrueuses faites d'un enchevêtrement d'épines,
15 de chardons bleus et secs, de chardons blancs et velus, et ces lianes de lierres qui s'en détachent, courent perfidement sous les herbes, regrimpent au tronc des arbres, les étreignent et les étouffent ? Ils voyaient, derrière les grilles de parcs, des palmiers éventails et des phénix en pleine terre,
20 des camélias aux feuilles laquées; et ne prenant point garde que ces plantes, exilées de leur torride patrie, étaient rangées dans les jardins clos en guise d'ornement, sérieusement ils croyaient parfois s'être égarés jusqu'en des régions tropicales.
25 Ils se glissaient, avec des précautions, par les chemins couverts. Ils étouffaient leurs pas. Ils ne rencontraient personne: l'île, à cette époque, n'est pas encore envahie par les touristes. Eddy regardait Paddy avec admiration et avec respect. Elle ne doutait point qu'il lui fût très su-
30 périeur en intelligence et en civilisation. Elle le considérait

---

[1] **Bas-de-Cuir**, *Leatherstocking*, a nickname of Natty Bumppo, the hero of the " Leatherstocking " novels of Fenimore Cooper.

comme son maître, et volontiers elle se fût prosternée devant lui.

Leur parti pris d'explorateurs était de piquer toujours droit vers l'intérieur des terres. Ils n'étaient pas encore des marcheurs bien vaillants, et ils n'atteignaient jamais jusqu'à la rive opposée, de sorte que, ne connaissant point les limites de l'île, peu à peu ils s'accoutumaient à croire que l'île n'avait point de limites, et Paddy même recommençait à perdre la notion que Jersey fût une île. Et les images de la mer disparaissaient de leur imagination, la mer qui les entourait, la mer qui avait amené Paddy, qui un jour le remmènerait.

Ou bien pensaient-ils à la mer sans le dire, avaient-ils peur d'elle sourdement et la fuyaient-ils pour ne plus la voir ? Mais la peur attire en même temps qu'elle repousse. Quand ce fut le dernier jour des vacances, ils ne résistèrent plus à leur tentation inavouée. Eddy osa parler la première. Elle insista pour conduire Paddy au château de Montorgueil.[1]

Ils partirent de bon matin, aussitôt après déjeuner. Ils prirent le petit chemin de fer. Au départ, la voie est encaissée entre deux murailles de rochers taillés à pic. Elle longe ensuite la côte, mais on ne voit pas la mer constamment: au contraire, on ne la voit que par intermittences et beaucoup moins souvent qu'on n'aurait cru; mais on sent le vide à droite de soi, et on entend la mer sans la voir. Même quand elle est calme, et elle était calme ce jour-là, elle fait un bruit qui ressemble au bruit confus des grandes cités. Elle a une voix, cette même voix qui naguère, s'étant

---

[1] A twelfth century castle above the town of Gorey. W. Prynne was imprisoned there in 1637, and one can still see also the chapel and cell of Charles II.

fait entendre à Eddy, l'avait attirée hors du cottage, vers la rive, vers le port.

Eddy ne se rappelait point ces choses à la lettre, mais elle en était imprégnée. Au lieu de s'asseoir toute droite, 5 comme elle avait coutume, et de regarder en face d'elle à hauteur de ses yeux, elle se laissait plier par la mélancolie. Elle appuyait ses coudes sur ses genoux, et, pour soutenir sa tête lasse, elle encadrait son visage de ses longues mains. Vis-à-vis d'elle, sur l'autre banquette, Paddy, gonflé d'une 10 comique importance, s'était étendu tout de son long. Il portait d'amples culottes, des bas de grosse laine aux plus excentriques dispositions,[1] rabattus au-dessous du genou, un veston ballant ouvert sur un maillot de laine blanche, et une petite casquette posée en arrière de la tête, de façon 15 à laisser échapper par devant une houppe de ses cheveux blonds.

En arrivant au village de Gorey, ils découvrirent bien la mer, mais la marée était basse, l'eau était loin, après des sables. Ils prirent garde plutôt à des soldats en tunique 20 rouge, qui tiraient à la cible sur le rivage. Le château de Montorgueil, qui couronne le cap de sa martiale pyramide, ne leur fit pas non plus grande impression. Au lieu d'y monter, ils eurent l'idée bizarre de suivre la route qui le tourne, et de s'en aller vers les autres grèves, par les rochers. 25 Ils découvrirent, dans un creux, une retraite d'où l'on n'avait pas la moindre vue, mais qui les charma: car c'était une de ces anfractuosités à peine abordables, où l'on est jeté lorsque l'on se sauve d'un naufrage. Ils s'y installèrent, et ils prirent leur collation comme des naufragés en effet, 30 qui viennent de recueillir des coquillages et des œufs d'oiseaux: leur collation était beaucoup plus luxueuse. En-

[1] aux plus excentriques dispositions, *with most eccentric designs.*

suite, Paddy tira de sa poche une petite pipe de bruyère:
il avait adopté tous les usages du pays, et les garçons y
fument leur pipe dès qu'ils sont capables de marcher seuls.
Il bourra la sienne d'un tabac blond de Virg͞inie, très odorant. Eddy le regardait faire et ne disait rien. Elle admi- 5
rait tout ce qui venait de lui, jusqu'à l'odeur de son tabac.

Ils se trouvaient si bien qu'ils demeurèrent là toute
l'après-midi. Au reste, que pourraient faire des aventu-
riers une fois qu'ils ont le gîte et la pâture ? [1] La mer
montait, elle vint tourbillonner au-dessous d'eux dans une 10
vasque de rochers gris, polis par le flot quotidien. Et les
mouettes, qui tournoyaient au-dessus, répétaient symétriquement le mouvement circulaire des vagues.

Comme le jour baissait déjà (les jours n'étaient pas encore très longs), Eddy et Paddy s'avisèrent qu'il leur restait 15
juste le temps de visiter le château. Non que leur curiosité
s'éveillât, mais ils craignaient d'être grondés pour n'avoir
pas tiré parti de leur promenade. Ils retournèrent donc
sur leurs pas, escaladèrent la colline jusqu'à mi-hauteur, et
entrèrent par une porte de derrière qui était très basse. Ils 20
suivirent alors, entre deux murailles, le chemin qui monte
en spirale jusqu'au sommet, tantôt pente douce, tantôt
escalier aux larges marches. Ils faisaient cette ascension
par acquit de conscience. [2]

Quand ils parvinrent à la plate-forme, ils ne reconnurent 25
pas le paysage. Le port, qu'à marée basse ils ne daignaient
point apercevoir, [3] s'était empli d'eau, et les barques, ce

---

[1] le gîte et la pâture, *lodging and food*. *Pâture* is more commonly
used to mean food for animals. Cf. Racine, *Athalie*, Acte II, Sc. VII:
"Aux petits des oiseaux il donne leur pâture."   [2] par acquit de conscience, *for conscience' sake*.   [3] ils ne daignaient point apercevoir,
they pretended not to see.

matin échouées comme des épaves, semblaient avoir ressuscité sous les caresses du flot, qui en même temps re-
modelait la plage, ce matin démesurée, indécise, sans
contour: elle décrivait maintenant une courbe élégante et
5 molle, elle se rétrécissait entre la mer unie et les collines
boisées.

Mais ils détournèrent les yeux de ce gracieux tableau,
et ils regardèrent vers l'horizon, fascinés par « la grande et
spacieuse mer », par la gloire du soleil couchant. Ils étaient
10 seuls sur la plate-forme, ils étaient accotés et appuyés l'un
contre l'autre, et ils regardaient.

Et Paddy songeait aux courses lointaines, Eddy luttait
contre une idée importune qu'elle n'arrivait pas à chasser:
elle craignait d'être grondée par sa mère si elle négligeait
15 d'entrer chez les Le Bouët, qui demeuraient là tout près,
elle craignait encore davantage que Paddy ne lui en voulût
si elle faisait cette politesse à ses cousins.

— Paddy, lui dit-elle enfin, et d'une voix de prière plutôt
que d'interrogation, ne serait-il pas convenable d'aller
20 souhaiter le bonjour aux Le Bouët ?

— Oui, répondit-il d'un air détaché. Cela est convenable. Allez.

Elle tressaillit. « Oh ! fit-elle, est-ce que vous ne viendrez
pas avec moi ? »

25 Il répondit: « Non, » simplement, et avec la même indifférence. Il n'y mettait aucune mauvaise intention, cela
lui paraissait plus naturel.

Alors, elle ne répliqua point. Elle s'écarta de lui à pas
lents. Elle s'en alla, par un sentier à flanc de coteau,[1] vers
30 la maison: une lumière venait d'apparaître à l'une des
fenêtres, bien que le crépuscule fût encore rose, mais les

---

[1] **à flanc de coteau,** *along the slope of the hill.*

vitres étaient bien moins vivement éclairées par la lampe
que par les reflets du soleil couchant.

Paddy n'avait pas encore tourné la tête. A peine s'il
avait remarqué le départ de son amie; déjà même il n'y
songeait plus. Il appartenait à la mer infinie. Obstiné- 5
ment il la contemplait. Il se rappelait qu'elle l'avait amené
ici, qu'elle le remmènerait, qu'il était un voyageur et un
étranger. Et de hautes idées mélancoliques lui venaient,
des idées peu précises, inexprimables, surtout en son langage d'enfant. Il était recueilli et enthousiasmé, comme 10
aux heures où le dimanche il disait des prières et chantait
des psaumes.

Aiguillonnée par la fraîcheur, un peu effrayée par la solitude, Eddy se hâtait vers la maison. Elle s'y sentit bien,
quand elle eut refermé la porte sur elle. Mais le père et 15
la mère de Dick étaient tous les deux absents. Il se trouvait seul à la maison, et, comme il était fort timide, l'entretien ne fut guère animé. Voici que [1] tout d'un coup
Eddy songea en elle-même à Paddy, qui était seul sur la
plate-forme du château, à Paddy qui était seul dans le 20
crépuscule, et face à face avec la mer infinie. Elle se leva,
elle prit congé en toute hâte. Elle ne craignait plus d'affronter la solitude et le soir, elle partit pleine de courage et
de résolution, comme pour une extraordinaire aventure.

Il lui sembla qu'elle triomphait, quand elle retrouva 25
Paddy qui n'avait point bougé de place. Elle le tira par
le bras, comme pour le ressaisir d'une secousse.

Il la regarda sans la connaître, comme dans la stupeur
farouche du réveil. Mais un grand souffle de joie les enleva,
et ils coururent d'un trait jusqu'au bas de la colline, en 30
bondissant, en poussant des cris.

[1] **Voici que,** *And then.*

Ils étaient ivres de grand air. A dîner, eux toujours si
sages, ils étourdirent de leurs bavardages Mme Collins et
Mme Glategny. Après dîner, ils s'échappèrent encore dans
le jardin, où ils ravivèrent leur ivresse. Les deux bonnes
5 dames, qui ne les reconnaissaient plus, durent user de leur
autorité pour les faire monter dans leurs chambres; et ils
dormirent avec des détentes, avec des gestes brusques, en
faisant des rêves de jeux violents, de courses et de
luttes.

10 Tel fut le dernier jour des vacances. Il fallut bien reprendre, le lendemain matin, le train accoutumé de la vie.
Mais c'était une saison nouvelle: il y eut des variantes.

Un soir, à quelque temps de là, Eddy et Paddy, revenant
ensemble, rencontrèrent un grand garçon, et un autre plus
15 loin, puis un autre encore, et deux ou trois autres en groupe,
qui portaient, en guise de châles sur les épaules, des serviettes de toilette, bariolées de raies multicolores.

— Comme cela est laid et ridicule ! s'écria Paddy, toujours un peu tranchant.

20 Il ajouta, avec une vive curiosité: « Que font-ils de ces
ridicules serviettes ? » [1]

Eddy se mit à rire. « Vous ne devinez pas, dit-elle, qu'ils
vont aux bains ? »

Elle lui enseigna que les hommes se baignent à la Colette,
25 de l'autre côté du fort Régent, dans les rochers. Paddy,
fort attaché à suivre la mode,[2] rêvait déjà de se promener,
comme ces garçons qu'il avait jugés si ridicules, avec une
serviette étalée sur le dos. Il projetait même de se faire

---

[1] The usual construction would be *ces serviettes ridicules*. The in-
version has been used as a literal translation of Paddy's sentence. Cf.
page 5, note 1. [2] **fort attaché à suivre la mode,** *always inclined to be
in fashion.*

remarquer, parmi les autres, par des rayures plus compliquées et par des couleurs plus voyantes.

Il déclara que, dès le lendemain, au lieu de rentrer directement à la maison, il irait se baigner à la Colette.

— Alors, lui dit Eddy très froissée, vous ne rentrerez 5
plus avec moi, vous me laisserez rentrer seule ?

— Non, dit-il: ce n'est pas un si long détour, vous viendrez avec moi, et vous m'attendrez au bord de l'eau.

Il renouvela cette déclaration à dîner, avec une arro-
gance qui ne lui était pas habituelle. Mme Collins poussa 10
les hauts cris: Se baigner seul, sans surveillance ! Que
dirait papa? Vous croyez-vous déjà un grand garçon ?
Néanmoins il fut décidé que l'on allait réfléchir et organiser
quelque chose, pour que les enfants se pussent baigner sans
péril.   15

Les réflexions et les préparatifs prirent plus d'une semaine. Les personnes très simples se font des monstres
de tout,[1] et ne manquent jamais de tout compliquer. Au
lieu d'emmener Eddy et Paddy se baigner sur la grande
plage, devant l'esplanade,[2] où il y a des cabines roulantes, 20
Mme Glategny et Mme Collins imaginèrent de se transporter
avec eux, par le petit chemin de fer, jusqu'à Saint-Aubin,
et d'aller chercher un abri désert dans les rochers qui sont
tout au bout de la baie.

C'est donc après huit jours seulement que Paddy put 25
réaliser son rêve, et sortir, comme les grands garçons qu'il
avait rencontrés, avec une serviette en guise de châle, plus
bariolée qu'un drapeau. Il faut croire que ces huit jours
d'attente lui avaient donné sur les nerfs,[3] ou que l'esprit

---

[1] **se font des monstres de tout,** *see monsters in everything.* [2] The
walk that follows the Saint-Hélier beach. [3] **lui avaient donné sur**
les nerfs, *had gotten on his nerves.*

d'effarement des deux bonnes dames l'avait gagné. Car
la veille au soir il eut grand'peine à s'endormir, et en vérité
cet événement banal ne valait point une insomnie. Au
bout d'une heure, il dormait à poings fermés, mais il avait
5 la fièvre et le cauchemar, et il fut réveillé tout d'un coup
au milieu de la nuit par sa propre voix qui criait: « Qu'ils
sont beaux, les pieds de ces hommes ! » Cette exclamation
inattendue réveilla Eddy en sursaut, et elle vint, toute
blanche,[1] justement comme la première fois qu'il avait cité
10 cette phrase des Écritures.

— Êtes-vous souffrant ? lui demanda-t-elle avec une expression d'effroi.

— Non, dit-il, je suis seulement un peu agité, mais n'en
dites rien. Peut-être qu'on ne voudrait plus nous emmener
15 à Saint-Aubin demain soir.

Eddy se garda bien de lui désobéir, et l'événement s'accomplit. Paddy s'était mis en route avec des airs de gra-
vité, de sombre résolution. Ses nerfs ne s'apaisaient point,
il avait des frissons. Dès que l'on eut fait choix d'un em-
20 placement, Mme Collins et Mme Glategny s'empressèrent
autour d'Eddy. Lui s'en alla plus loin, se dévêtit hâtivement, se jeta d'une pointe de rocher, à un endroit où l'eau
devait être profonde, afin de montrer qu'il nageait bien.
Il ne se souciait point des femmes et il ne regardait pas de
25 ce côté; il entendit seulement les petits cris qu'Eddy
poussa quand elle entra dans l'eau.

Presque aussitôt, Mme Collins l'appela: « Paddy, revenez
vite, en voilà assez[2] pour un premier bain. » Il fut enchanté qu'on lui fournît un prétexte pour sortir de cette
30 eau froide et mordante qui l'irritait encore plus, et sans

---

[1] Again Eddy is described as a celestial apparition. [2] **en voilà
assez,** *that's enough.*

répliquer il reprit ses vêtements, avec autant de hâte qu'il les avait quittés. Mais aussitôt sa fièvre tomba, une brusque joie l'envahit, une joie du corps, à laquelle tous les organes participaient. Il eut un sentiment de plénitude extraordinaire, en même temps que de sécurité. Il sut 5 qu'il était fort et qu'il était beau. Et il se mit à marcher sur la route avec des allures triomphales, d'un pas relevé.

Quand il revint deux jours après, il regarda enfin le décor, que, dans son trouble de l'avant-veille, il n'avait même pas vu. C'était un repli de rocher, comme une grotte à ciel 10 ouvert, d'où l'on n'apercevait ni la pleine mer ni la rive, et il se rappela la retraite de naufragés où il avait passé toute une journée avec son amie, derrière le château de Montorgueil. L'eau y était seulement plus calme et n'y tournoyait point, les mouettes n'y fréquentaient pas[1] non plus, comme 15 si elles n'aimaient point à décrire leurs circuits réguliers au-dessus d'un bassin trop paisible, où le tourbillonnement de l'eau ne s'harmonise pas au rythme circulaire de leur vol. La mer, cependant, bien qu'elle n'y pénétrât que brisée, sans force, avait si parfaitement poli le granit, que 20 même des pieds nus, même des pieds d'enfants pouvaient s'y appuyer sans crainte; et loin des dangers, des fracas, loin de tout regard indiscret, cette vasque était vraiment l'asile providentiel de l'enfance fragile et de l'innocence nue. 25

Bientôt, Mme Glategny et Mme Collins se lassèrent d'accompagner Eddy et Paddy tous les jours, et leur permirent de faire seuls cette promenade quotidienne. Seuls ensemble, ils passèrent dans cet asile, qu'ils croyaient inaccessible, les dernières heures des chaudes journées. Et 30 c'était toujours un plaisir, mais le plaisir était devenu ha-

---

[1] This use of **fréquenter** is now archaic.

bituel, et ils n'y attachaient pas désormais plus d'importance qu'à leur baiser distrait de tous les matins et de tous
les soirs.

Mais un jour Paddy eut un grand désappointement et
5 une grande colère. Comme il se présentait le premier à l'issue du long corridor de rochers, qu'il croyait être seul à
connaître et à fréquenter avec Eddy, il vit que cette retraite intime était envahie. Toute une pension y prenait
ses ébats. Il se retourna, le sang aux joues. « Venez, »
10 dit-il à Eddy en la saisissant par la main. Et ils n'y revinrent plus jamais.

Hélas ! le désastre était beaucoup plus grand qu'ils
n'avaient imaginé d'abord, leurs yeux s'ouvrirent enfin [1]:
ce n'était pas seulement leur vasque secrète et leur grotte
15 qui était envahie, violée, c'était tout leur domaine, toute
leur île déserte, réservée jusqu'alors à leurs aventures et à
leurs explorations. Des voyageurs de France et d'Angleterre y débarquaient par tous les bateaux, leurs voitures
creusaient des ornières dans les routes, et les cochers qui
20 les conduisaient par bandes soufflaient dans de longues
trompes de cuivre, qui réveillaient douloureusement les
échos.

Les enfants se découragent aussi facilement qu'ils entre-
prennent. Eddy et Paddy ne goûtèrent plus rien, ne tinrent
25 plus à rien, dès qu'ils virent que toute leur île ne leur appartenait plus en propre. Et c'est ainsi que leur première
année s'acheva dans une lassitude et dans un abandon. Ils
n'eurent point de regret lorsqu'une dépêche annonça l'arrivée de Justin Higginson, lorsque, douze heures plus tard,
30 le yacht l'*Ontario* entra dans le port, lorsqu'il en sortit à
la marée suivante, emmenant Paddy, pour six semaines.

---

[1] **leurs yeux s'ouvrirent enfin,** *they finally understood.*

Six semaines ! Cet espace de temps dépassait leur puissance de calculer. C'était la durée indéfinie. Au lieu d'essayer le compte de ces jours et d'espérer le dernier jour, mieux valait admettre que l'on se quittait pour toujours, et en prendre bravement son parti. 5

Eddy reconduisit Paddy à la jetée Victoria. Ils ne témoignèrent ni l'un ni l'autre aucun chagrin, et, même, ils hésitaient à échanger, sous les yeux de M. Higginson, leur baiser de tous les matins et de tous les soirs.

III

PADDY ne retrouva pas sans plaisir sa petite cabine du 10 yacht, ni sa place favorite sur le pont, qui était au gaillard d'avant, dans un fauteuil à balançoire. Il y restait des heures à s'entretenir avec un des hommes de l'équipage, ou des heures à rêver seul. Il ne retrouva point sans plaisir son costume de matelot, et toutes ces choses dont il n'avait 15 eu la nostalgie qu'une fois,[1] sur la plate-forme de Montorgueil, en contemplant la mer.

Mais presque aussitôt il éprouva une autre nostalgie: lui qui n'avait pas souffert de partir, il se mit à souffrir d'être parti. L'enfant jadis nomade, fils de parents no- 20 mades, souffrait d'avoir quitté les rivages de sa patrie adoptive, et la flottante maison paternelle ne pouvait plus lui tenir lieu de foyer.

Son cœur battait plus fort quand une île était signalée à l'horizon: son cœur se serrait lorsque l'*Ontario* tournait à 25

---

[1] dont il n'avait eu la nostalgie qu'une fois, *that he had missed only once.*

l'entour et ne s'y arrêtait point. Il se fit une grande joie
de passer quelques jours à Wight,[1] et puis il eut une étrange
impatience d'en repartir. Il ne voulait pas se plaire à
Wight autant qu'à Jersey, il se défendait de préférer
5 Cowes [2] à Saint-Hélier.

Les images de la terre jersiaise, qu'il avait recueillies au
cours de ses puériles explorations, n'étaient pas seulement
déformées, mais incohérentes et confuses. Pour y penser
continuellement, il avait besoin d'y substituer une image
10 unique, élémentaire et nette, qui en fût le résumé ou du
moins le symbole. Cette image, élue parmi les autres, fut
celle de la retraite où, tout l'été, il était venu chaque soir
se baigner avec Eddy.

Le profil des rochers environnants se simplifiait encore
15 dans sa mémoire: il se le figurait tel que sa main maladroite
aurait pu le dessiner, réduit à des courbes naïves et à des
aspérités symétriques. Il se rappelait surtout l'immobilité
de l'eau limpide, et le granit si parfaitement poli que, même
des pieds nus, même des pieds d'enfants pouvaient s'y ap-
20 puyer sans crainte. Enfin cet asile providentiel de l'innocence et de la fragilité lui apparaissait comme un paradis
d'enfant, merveilleusement approprié à son âge et à l'âge
d'Eddy. Oui, l'île, l'île heureuse était un éden en miniature, un éden créé pour eux, l'idéal décor d'un bonheur
25 particulièrement enfantin.

Paddy soupçonna que de ce bonheur il avait à peine
goûté les prémices. Quelque chose, obscurément, lui paraissait déjà changé entre Eddy et lui. C'est qu'ils avaient
vécu jusqu'alors comme un frère et une sœur. Or la fra-
30 ternité ne s'accommode point des surprises, des séparations,

[1] English island which, because of its mild climate, is considered a
British Riviera. [2] Seashore resort famous for its yacht races.

des adieux et des revoirs: elle est unie et dépourvue d'accidents. Paddy avait dit adieu à Eddy, cela suffisait pour
qu'Eddy ne lui semblât plus une sœur. Et lui qui était
parti sans chagrin, il attendait avec impatience maintenant
le jour du retour, parce que ce jour-là ne pouvait manquer 5
d'être le début certain d'un sentiment nouveau.

Cependant Eddy, dans le silence de la maison abandon-
née, songeait à des choses pareilles. Paddy ne lui semblait
plus un frère, parce qu'il était parti. Elle qui lui avait dit
adieu sans larmes, maintenant elle comptait les jours. Elle 10
attendait avec impatience et son retour et les nouveautés
indéfinies mais prévues que cet événement susciterait dans
l'histoire de leur tendresse.

Malgré la distance considérable et variable qui les sé-
parait, ce n'est point sur les généralités seulement qu'ils 15
avaient des idées communes. Ils se rencontraient encore
sur des riens. Ils étaient l'un et l'autre poursuivis par le
regret du mauvais baiser échangé à l'heure du départ, et
ils avaient faim, avec une extraordinaire gourmandise, de
celui qu'ils échangeraient à l'heure du retour. Quoi? 20
Sous les yeux de Justin Higginson? Ah! que leur impor-
taient les témoins? Toute l'amertume de la séparation se
résumait dans le souvenir du mauvais baiser de juillet;
toute la joie déjà escomptée du retour, dans l'espoir du bon
baiser de septembre. Eux qui, depuis tant de semaines et 25
tant de mois, ne prenaient plus garde seulement à leurs
habituels baisers de tous les matins et de tous les soirs!

Que de fois, durant cette longue absence, ils assistèrent
d'avance, par la seconde vue du désir, à l'émouvante scène
du retour! Ils ne pouvaient l'imaginer qu'avec une dé- 30
coration printanière et une lumière douce de jeune soleil.
Ils se préparèrent ainsi un désappointement. Car le retour

de Paddy, coïncidant avec l'équinoxe, ne différa point de
sa première arrivée. Par-dessus la mer grise, houleuse, le
ciel était gris et houleux, parfois de brèves rafales de pluie
cinglaient le rivage et l'eau; et lorsque Eddy s'en alla
5 jusqu'au bout de la jetée, attendre celui que la mer devait
enfin lui rendre ce matin, elle fut surprise d'entendre encore
cette mystérieuse voix qui, l'an dernier, lui avait annoncé
de si loin la première venue de l'inconnu.

Mais lorsque, bercé par les vagues, jeune, léger, jouant
10 avec la houle, le yacht blanc gravit la pente de l'horizon,
lorsque, penchée du haut du quai, Eddy vit sur le pont
Paddy qui, levant la tête, la regardait, lorsqu'ils se tinrent
embrassés enfin, ah! ils comprirent alors que peu leur im-
portait l'automne et les intempéries: ils avaient leur lu-
15 mière et leur soleil qui resplendissait de leur cœur; ils
emportaient avec eux, en marchant sous la pluie, leur printemps, comme les astres qui gravitent dans le ciel emportent
leur atmosphère.

Ils ne pouvaient point cependant prétexter auprès [1] des
20 bonnes dames cette illusion printanière pour recommencer, au début de l'automne, leurs courses de la belle saison.
Ils furent bien obligés de se calfeutrer dans le home; mais
ils n'eurent point tant de peine à s'y résigner, car ils s'aperçurent dès le premier jour que le cher cottage d'Almorah
25 était aussi un paradis en miniature, et un paradis fait pour
eux.

C'est pour eux, n'est-ce pas? que l'on avait disposé ce
window où ils pouvaient s'éclairer de partout comme en
plein air, sans avoir les sensations de la pluie ou du froid?
30 C'est pour eux que, dans l'angle plus obscur de la pièce,
on avait construit ce meuble de coin formant étagère et

---

[1] **prétexter auprès,** *give as a pretext to.*

divan, ce meuble où ils ne pouvaient s'asseoir l'un près de l'autre sans se blottir l'un contre l'autre, ni se tourner en se frôlant les joues, en mêlant leurs cheveux d'ébène et leurs cheveux de poussière, sans voir dans les glaces à biseaux leurs images intimidées qui leur souriaient ?

Ah ! c'est pour eux surtout, pour mettre des fleurs autour d'eux, qu'on avait semé la tenture de ces gros chrysan-thèmes jaunes. C'est pour s'approprier à leur candeur que les bois étaient laqués de ce blanc gris perle, le soir luisant par places aux reflets de la lampe en cuivre rouge ornée de cabochons bleus; et si les meubles affectaient ces mai-greurs, ces rigidités élégantes, c'était pour s'approprier mieux à la charmante gaucherie, à la gracilité de deux en-fants.

Paddy avait grandi pendant son voyage. Il n'était plus forcé de lever la tête pour voir le visage de son amie. Leurs yeux regardaient à la même hauteur. Les lèvres de Paddy souriaient à la même hauteur que le sourire d'Eddy. Ils étaient minces. Leur grâce était d'avoir des expressions naturelles avec des gestes empruntés. Ils se tenaient volon-tiers droits,[1] et laissaient leurs mains sur leurs genoux. Quand ils se tournaient l'un vers l'autre, ils tournaient le corps, non les épaules, ni la tête, qu'ils présentaient tou-jours de face, comme les personnages que l'on voit dans les bas-reliefs égyptiens. Ils avaient le col [2] assez long, et ils ne connaissaient pas de milieu [3] entre une attitude d'étonne-ment qui l'allongeait, qui le raidissait encore, et une atti-tude frileuse qui le contournait excessivement.

---

[1] **Ils se tenaient volontiers droits,** *They often held themselves straight.*
[2] The form **col** instead of *cou*, frequent in poetry, gives an impression of grace and elegance. [3] **ils ne connaissaient pas de milieu,** *they didn't know a happy medium.*

Lorsqu'ils étaient assis sur le divan, ils ne se disaient presque rien. Ils ne sentaient le besoin de parler qu'en allant au collège ou en revenant. Ils avaient alors de grandes conversations pleines de verve et de gaîté, mais 5 tout objectives, et où il n'était jamais question de leurs personnes. A la maison, s'ils se taisaient, ce n'était point qu'ils rentrassent davantage en eux-mêmes. Leur silence n'était point un silence de réflexion, mais de sensation. Seulement, comme tous les objets semblaient arrangés au- 10 tour d'eux de façon à exprimer les caractères et jusqu'aux moindres nuances de leur âme, cette contemplation du décor devenait une contemplation indirecte de soi: sans jamais scruter leur conscience, ils finissaient par avoir une conscience quand même, extérieure et toute matérielle. 15 Aussi n'était-ce point un enfantillage s'ils se plaisaient encore à feuilleter, comme l'année dernière, les albums en couleur de Walter Crane. Ils s'y reconnaissaient à chaque page. Ils trouvaient une illustration minutieuse et singulièrement exacte de leurs cœurs tout ensemble actuels et 20 primitifs, en ces images où l'artiste a ressuscité les héros de mythologie et de traditionnelles idylles dans toute leur pureté plastique, mais avec je ne sais quoi de plus compassé, avec une expression aussi, avec des yeux qui ne sont plus vides, avec des regards empreints d'une puérile et divine 25 stupeur.

Cette année encore, il fallait compter parmi les plaisirs leur voisinage et leur isolement au deuxième étage de la maison. Ils n'en profitaient plus cependant qu'avec une réserve extrême, et ils ne pénétraient plus l'un chez l'autre 30 que par exception. Ce n'était point pudeur, mais raffinement. Ils avaient une répugnance instinctive de toute promiscuité. Ils ne se plaisaient plus qu'à des délicatesses

imperceptibles: entendre de loin des pas nus sur les tapis
leur suffisait; ou bien, si l'un se réveillait la nuit (mais cela
n'arrivait pas souvent, à cause de leur jeunesse et de leur
santé), entendre le rythme lent de l'autre respiration.
Paddy voyait bien parfois Eddy en son costume d'ange, 5
toute blanche, le visage dégagé,[1] ses beaux pieds nus, mais
c'était en rêve, et il arrivait aussi très rarement que Paddy
rêvât. Le dimanche, quand, assis près d'elle, il chantait
des psaumes, pour la voir ainsi, souvent il fermait les yeux.

Ils avaient gardé cette habitude, ils étaient toujours très 10
pieux, mais le culte qu'ils rendaient au Seigneur n'était pas
entièrement désintéressé. Les joies du home leur parais-
sant toujours un peu étroites, ils avaient très souvent besoin de se donner de l'air, et telle est chez les enfants la
confusion du physique et du moral, qu'une heure de médi- 15
tation sur les idées religieuses leur donnait le rafraîchissement d'une promenade.[2] Leur dévotion était un innocent
subterfuge de leur cœur: elle leur servait à élargir leur
horizon. Parfois elle l'élargissait un peu trop, elle évoquait
les souvenirs de la mer, du mystère et de l'infini; mais plus 20
souvent elle n'évoquait que les images d'un paradis enfantin,
symbolisé pour eux par la retraite dans les rochers, tout au
bout de la baie de Saint-Aubin, où naguère ils se baignaient.
Ils ne souhaitaient le retour du printemps que pour y retourner ensemble. Ils languissaient dans l'attente de la 25
belle saison, qui leur rendrait la terre promise, l'éden pro-
mis.

Après des semaines d'une vie absolument sédentaire, ils
donnèrent le change à leur désir en faisant quelques sorties,
non dans la campagne, — ils ne le pouvaient pas encore, — 30

---

[1] dégagé conveys the idea that her hair is tossed back from her
face. [2] le rafraîchissement d'une promenade, *the relaxation of a walk.*

mais dans la ville. Occupés toute l'après-midi, c'est le soir
qu'ils sortaient, après dîner. Mme Glategny et Mme Collins
n'y voyaient aucun mal. Ils allaient flâner dans les rues,
dans King Street, où il y a, vers huit heures, un grand
5 mouvement, des matelots du port, des soldats, dont les
tuniques rouges éclatent[1] encore dans l'obscurité, et aussi
des femmes de mauvaise vie.

   Ce tableau ne se rapporterait guère à l'idée d'un paradis
terrestre, si les pires mœurs de Saint-Hélier ne se sauvaient
10 par un air d'enfantillage. C'est bien l'agitation et le vacarme d'une capitale, mais d'une capitale pour les enfants.
La foule y a les coudées franches,[2] on y circule aussi bien
sur les chaussées que sur les trottoirs, et il ne passe point
de voitures, comme si les habitants n'étaient pas assez rai-
15 sonnables pour savoir les éviter. On assiste bien quelquefois à une scène d'ivresse. Un des soldats à tunique rouge
sort en titubant quelque peu d'un de ces bars louches, et
avec sa calotte écossaise un peu trop campée sur l'oreille:
mais ses camarades l'emmènent en riant, sans faire scan-
20 dale, et ces petits accidents mettent tout le monde en belle
humeur. On voit bien aussi de ces filles qui se laissent
prendre par la taille et qui ne refusent pas un baiser, surtout
aux magnifiques soldats vêtus de la tunique écarlate. Mais
la candeur d'Eddy et de Paddy était incorruptible: ces
25 embrassements ne les étonnaient point et n'éveillaient en
eux aucun vilain soupçon. Ils trouvaient même ces façons
d'agir si naturelles qu'ils n'hésitaient pas à suivre, en toute
innocence, l'exemple de cette liberté. Paddy retirait d'entre ses dents sa petite pipe courte, chargée d'un odorant

---

[1] **éclatent,** *make vivid spots.* [2] Used here in its concrete meaning,
this idiom is more frequently used in an abstract meaning: *to be per-
fectly free to act as one wishes.*

tabac de Virginie; il prenait Eddy par le cou, et leurs plus
naïfs baisers, les plus chastes, furent échangés à la clarté
des réverbères, dans le quartier du plaisir facile, au milieu
d'une fâcheuse compagnie.

Mais enfin ils retrouvèrent le décor qui était seul digne
de les environner, ils entrèrent dans la terre promise. Le
beau temps revint avec Pâques, et ils eurent, comme l'an
dernier, trois semaines de vacances pour la bienvenue du
soleil.

Ils consacrèrent leur première promenade à la baie de
Saint-Aubin. C'était comme un pèlerinage. Il leur paraissait aussi plus logique et mieux ordonné de commencer
la visite de leur éden par celle de la retraite qu'ils avaient
choisie pour en être le raccourci et le symbole. Ils la retrouvèrent telle qu'ils la souhaitaient, déserte. L'eau
frissonnait un peu, elle semblait si froide qu'ils ne pouvaient
plus comprendre comment, l'autre année, ils s'y étaient
plongés avec plaisir, et qu'ils n'osaient plus espérer de s'y
risquer encore bientôt.

Dès qu'ils se furent acquittés du devoir de cette visite,
ils allèrent se promener dans toutes les directions. Ils
n'avaient plus de parti pris d'explorateurs. Ils ne piquaient
pas droit vers l'intérieur des terres, et surtout ils ne se mettaient pas en route sans dessein pour aller où le hasard les
conduirait, comme des gens qui s'aventurent dans un pays
véritablement inconnu. Ils partaient d'un point pour aller
à un autre point. Ils avaient tout réglé d'avance avec un
esprit éminemment pratique. Ils ne se souciaient guère
de marcher, et ils usaient le plus souvent du chemin de fer.
Ils emportaient de petites dînettes dans des paniers bien
propres. Leur tenue était aussi plus soignée, bien qu'ils
n'eussent renoncé ni l'un ni l'autre aux costumes classiques
d'excursion.

Ils cherchaient les paysages bien composés en des cadres
bien définis. Quant à la mer, ils ne la cherchaient point,
ils ne la fuyaient pas non plus. Elle avait perdu pour un
temps le pouvoir de leur rappeler les voyages, les exils et
5 les départs douloureux, elle avait perdu son mystère et son
infini. Elle ne jouait plus qu'un rôle secondaire dans les
tableaux où elle tenait une place: ou bien alors elle apparaissait aux enfants comme la limite infranchissable de
leur paradis, et ils aimaient à sentir que leur paradis était
10 limité.

Ils firent ainsi la connaissance[1] d'un pays qui leur était
entièrement nouveau. C'était bien le même qu'ils avaient
vu, mais leurs yeux n'étaient plus les mêmes; ceux qui
changent de ciel ne changent point d'âme, mais ceux qui
15 changent d'âme changent de ciel, et les enfants changent
d'âme totalement dans l'espace de quelques semaines.
Eddy et Paddy, qui avaient trouvé moyen de découvrir
à Jersey des grandes prairies, des forêts vierges, toute
l'Amérique du Sud et toute l'Afrique centrale, n'y virent
20 plus que les campagnes soignées en façon de jardins et appropriées à l'idylle, les vallons gracieux, les collines doucement ballonnées et les belles fleurs partout répandues.

Leur instinct de la symétrie s'appliquant même aux
actions, ils avaient réservé pour le dernier jour la prome-
25 nade à Montorgueil, afin de terminer les vacances par la
même expédition que l'année précédente. Ils n'y retrouvèrent aucune de leurs sensations passées. Le château
leur parut s'être écrasé[2] au sommet du roc, tant il avait
perdu de hauteur à leurs yeux. Ils le trouvèrent un peu
30 mesquin et un peu mièvre dans son romantisme. L'au-

---

[1] **Ils firent ainsi la connaissance,** *They came to know.*   [2] **parut
s'être écrasé,** *seemed to have been flattened out.*

guste ruine leur faisait à présent l'effet d'une gravure sur
cuivre très jolie et trop fine au frontispice d'un keepsake.
Ils se plurent bien davantage à contempler la grâce de la
plage qui s'étend au pied du rocher. Dans le port, il y
avait plusieurs bateaux de pêche et deux bateaux de plai- 5
sance, blancs, comme l'*Ontario*. Dès que l'on s'élevait à
quelque hauteur, cette flottille se réduisait à des proportions si minuscules qu'on ne pouvait plus imputer à l'éloignement seul ce rapetissement excessif: il semblait que
ces bateaux fussent des jouets, et pareils à ceux que les 10
enfants font naviguer sur les bassins.

Mais Eddy et Paddy ne montèrent pas bien haut, pas
même à mi-hauteur de la colline. Ils n'avaient que faire [1]
de regarder la mer et d'assister au coucher du soleil. Ils
préférèrent s'arrêter au pied même du vieux castel. Les 15
promeneurs que ne tente point l'ascension y trouvent des
bancs rustiques. Une gymnastique y est installée pour les
enfants. Eddy et Paddy restèrent là, seuls, à se balancer
jusqu'au soir.

Quand ils revinrent au cottage d'Almorah, Mme Glategny 20
leur apprit, avec de grands gestes et des regrets exagérés,
que justement Dick Le Bouët était venu pendant leur absence. Ils se regardèrent en souriant. Ah ! cette année,
Eddy n'avait pas même songé à faire chez les Le Bouët
une apparition [2] comme l'année dernière. Elle était passée 25
à côté de leur maison sans même y prendre garde. Mais
quelle chance que Dick fût venu justement un jour et à
une heure où l'on était sorti ! Sans rien s'avouer l'un à
l'autre, les deux enfants s'exagéraient un peu méchamment
le plaisir d'avoir évité cette gênante visite. Ils se félici- 30

---

[1] **Ils n'avaient que faire,** *They had no desire.*   [2] **faire . . . une
apparition,** *to pay a very short call.*

taient d'autant plus d'être sortis, et voici qu'ils se méfiaient
du home, où des importuns pouvaient ainsi survenir; ils
désiraient, le plus souvent possible, s'en échapper.

Cela tombait mal,[1] puisque c'était le dernier jour des
5 vacances. Ils ne se résignèrent pas aussi facilement que
les premières fois à reprendre le train monotone de leur
vie. Ils cherchèrent des biais pour ne pas renoncer à leurs
habitudes vagabondes. Ils s'obstinèrent, malgré les im-
possibilités, à faire tous les jours, coûte que coûte, une
10 promenade. Ils se hâtaient le soir, arrivaient en avance
à leur rendez-vous quotidien, couraient, avant dîner, à
quelque but d'excursion trop lointain et qu'ils n'avaient
pas le loisir d'atteindre[2]; ou bien ils s'éveillaient de très
bonne heure; ils recommencèrent à venir le matin se se-
15 couer l'un l'autre dans leur lit avec des façons garçonnières,[3]
et ils eurent l'inconséquence de renoncer à leurs délicates
habitudes.

Ces parties de plaisir toujours manquées ne faisaient
que les irriter et ne leur donnaient aucune satisfaction.
20 Pour en finir une bonne fois avec cet insatiable désir du
grand air et des grands chemins,[4] ils résolurent de faire un
jour l'école buissonnière toute la journée.

Ils guettèrent une occasion, qui ne se fit pas attendre
trop longtemps: les chaleurs étaient précoces; si précoces
25 qu'ils rencontrèrent un soir déjà des baigneurs, avec la
serviette multicolore jetée sur leurs épaules en guise de
châle. Paddy aussitôt déclara que l'on se baignerait pour
la première fois le jour de la grande promenade.

---

[1] **Cela tombait mal,** *That came at the wrong time.* [2] **qu'ils n'avaient
pas le loisir d'atteindre,** *which they could not possibly reach.* [3] **avec
des façons garçonnières,** *as boys would do.* [4] **grands chemins,** *open
roads.*

Eddy n'osait faire aucune objection: elle ne voulait à aucun prix que Paddy la soupçonnât de lâcheté, mais elle attendait cette journée avec des tremblements, avec un désir mêlé d'angoisse, avec des remords anticipés qui étaient délicieux. Elle défaillit vraiment lorsque, un matin, Paddy, affectant des airs mystérieux, lui dit en sortant de table: « Ce sera pour aujourd'hui. »

Mme Glategny se penchait au window. Eddy n'osait plus lui envoyer un baiser comme tous les matins. Ils suivirent le chemin du collège tant qu'ils furent en vue; puis ils descendirent vers la mer, et le long de la plage ils allèrent vers Saint-Aubin. Ils pouvaient s'y rendre en quelques minutes, par le chemin de fer; mais à quoi bon gagner du temps? Ils avaient toute leur journée. Une journée, cela d'ordinaire passait vite. Mais aujourd'hui, oh! comme ils sentaient déjà que la journée serait longue! Et ils marchaient sur la grève très lentement, sans rien dire, sans nulle gaîté.

Ils avaient chaud, ils étaient las. Ils cherchèrent un abri pour se reposer quand ils arrivèrent à l'extrémité de la grève. Ils n'osèrent point se réfugier dans leur asile habituel: c'était le lieu de leur innocence, et ils ne s'en reconnaissaient plus dignes parce qu'ils étaient en train de mal faire. Ils s'assirent en plein soleil, dans le sable ardent, à une certaine distance l'un de l'autre.

Mais Paddy, qui était nonchalant et qui avait toujours besoin d'un vivant appui, se rapprocha. Il s'accota contre Eddy, noua ses bras autour de la taille flexible, blottit sa tête charmante contre la poitrine de son amie et la regarda en souriant. Quand il voulait comme autrefois la regarder de bas en haut, ce ne pouvait plus être que dans cette attitude contournée de câlinerie, puisque à présent, debout, ils se trouvaient tous les deux de même taille.

Eddy, pour la première fois, tenta de se dérober à cette caresse: elle avait aujourd'hui une notion du bien et du mal, parce qu'elle faisait aujourd'hui quelque chose de défendu. Paddy sentait comme elle, mais, par bravade, il 5 ne voulait point céder; leur chaste étreinte eut la saveur d'une violence, d'un péché. Eddy vaincue lui fut reconnaissante, comme toutes les femmes vaincues. Pour le remercier humblement elle se pencha, elle déposa des baisers sur ses yeux, pas même sur ses yeux — car il les 10 fermait, sur ses beaux cils blonds retroussés qui étaient encore plus lumineux que son regard. Les cheveux noirs d'Eddy enveloppèrent tout le clair visage de Paddy, coulèrent, comme de l'eau caressante, autour de son col grêle et gracieux.

15 Ils se relevèrent en soupirant. Ils recommencèrent de marcher sur les rocs aigus, et passèrent à côté de leur retraite, mais ils firent tous deux comme s'ils ne s'en apercevaient point, et n'y jetèrent qu'un regard furtif. Oh ! ils auraient bien voulu retourner sur leurs pas, mais, à moins 20 d'éveiller les soupçons, ils ne pouvaient pas rentrer au cottage avant l'heure habituelle. Ils auraient bien voulu oublier le bain, car tout ce qu'ils devaient faire aujourd'hui les troublait comme choses défendues, et cela aussi, mais ils tenaient à la main leurs serviettes bariolées, l'oubli n'é- 25 tait point vraisemblable, et Paddy se mit à chercher des yeux un abri dans les rochers.

Il aurait inventé peut-être quelque prétexte pour renoncer à son projet; mais Eddy, maladroitement, prise de peur, lui dit en joignant les mains: « Paddy, je vous en 30 prie, ne commettez pas l'imprudence de vous baigner aujourd'hui. Ce que nous faisons est si mal ! Je crains qu'il n'arrive quelque chose. » Il répondit, avec hauteur:

« Mais vous êtes folle, Eddy, d'avoir des craintes si ridicules. »

— Moi, répliqua-t-elle fermement, je ne me baignerai
pas.

— Je ne pense pas, dit-il, à vous y contraindre.   5

Il ajouta, avec cette passion de toutes les indépendances
qui est bien américaine: « Chacun est libre. Moi, je vois
ici une place excellente. »

Déjà il avait franchi une crête de rochers, et l'on entendait par derrière le léger clapotement que faisait l'eau, 10
dans une vasque sans doute pareille au bassin naturel de
Saint-Aubin. Tout autre jour, Eddy n'aurait pas hésité
à le suivre, mais aujourd'hui elle n'osait point, cela devait
être défendu, tout devait être défendu aujourd'hui ! Et
elle attendit, ne le voyant plus, le cœur serré, avec le pres- 15
sentiment d'un malheur. Paddy, sans doute, était inquiet
et troublé comme elle, car il ne lui dit point, comme il aurait fait tout autre jour: « Venez donc, Eddy ! »

Elle n'entendit plus rien, jusqu'au bruit lourd que fit
son corps en tombant dans l'eau. Elle tressaillit, elle 20
croisa les mains. « Mon Dieu !... » murmura-t-elle. Au
bout de quelques instants, ne pouvant plus se contenir,
elle appela timidement: « Paddy ! »

— Quoi ? fit-il.

— Vous êtes-là ?   25

— Bien entendu, répondit-il en riant, et retrouvant sa
belle humeur, fouetté par la fraîcheur de l'eau, il plaisanta:
« Peureuse ! Frileuse ![1] Si vous saviez comme le bain
est tiède ... » La voix se rapprochait. Sans doute il venait de se hisser hors de l'eau. Il remontait, en se traînant 30
sur les mains et sur les genoux, vers le creux du roc où il

---

[1] **Peureuse ! Frileuse !** *Scarecat ! Sissy !*

avait dû déposer ses habits, hors des atteintes de la
vague.

Soudain il jeta un cri.

— Ah ! s'écria Eddy, qu'y a-t-il ? Pour Dieu ! qu'y
a-t-il ?

— Rien . . .

Mais sa voix pleurarde le démentait. Elle escalada le
rocher. Paddy était là, étendu, rien qu'un peu écorché
au genou: si légère que fût l'écorchure, le sang coulait.
Eddy voulut l'étancher de son mouchoir, le sang coulait
toujours et Paddy s'exagérait son mal. Il se décida enfin
à replonger sa jambe blessée dans l'eau froide qui le cica-
trisa comme par miracle. Puis il remonta vers Eddy, il
s'assit avec des précautions presque risibles, mais quand il
eut bien constaté que sa plaie superficielle ne le faisait aucunement souffrir, il retrouva tout l'enfantillage de sa gaîté,
et, avisant ses pieds nus, il fit un geste gamin. « Hein !
dit-il, Eddy, qu'ils sont beaux, les pieds de ces hommes ! »
Ils éclatèrent de rire tous les deux, mais leur âme s'éleva,
et ils pensèrent que le Seigneur était bien clément, de ne
leur avoir envoyé, pour les avertir, qu'un mal si peu
grave.

Cette journée accidentée suffit, comme ils avaient pressenti, à les guérir de leur fièvre, apaisa leur excessif désir
du grand air et des grands chemins. Ils retrouvèrent dans
le cottage d'Almorah la paix absolue, le parfait bonheur
enfantin. Mais vers la fin de la saison leur sécurité fut
troublée encore par des influences atmosphériques. Le
ciel s'assombrit. Mais ce n'était point le ciel gris de l'automne, ni les fraîcheurs, les pluies fines d'octobre, qui font
sentir plus vivement le plaisir de la vie sédentaire et de
l'intimité. Un orage menaça plusieurs jours.

Sur ces entrefaites, Richard Le Bouët vint au cottage, et
les enfants n'étaient point sortis cette fois. Ils l'accueilli-
rent avec cordialité, mais l'air qu'ils respiraient leur sembla
tout d'un coup plus lourd, le ciel réellement plus sombre.
Ils ne se trompaient guère, car enfin l'orage éclata, à l'in- 5
stant même où Dick allait prendre congé, et la pluie l'empêcha de partir.

Dans le salon où il faisait presque nuit, luisaient seules,
par places, les surfaces courbes des meubles laqués. Eddy
et Paddy étaient assis loin l'un de l'autre, silencieux, op- 10
pressés. Les enfants parfois, par éclairs, sentent le néant
de la vie avec une certitude qui plus tard ne se retrouve
jamais aussi nette. Eddy était détachée et désintéressée
de tout. Paddy avait sur ses lèvres, qu'une moue triste
déformait, l'amertume revenue de l'exil. Les objets envi- 15
ronnants ne lui étaient plus familiers. Il souffrait de l'indifférence des choses. Il sentait qu'il n'était plus dans ce
home qu'un visiteur inutile, et il ne put s'empêcher de
sortir. Il disparut sans faire aucun bruit, l'ombre semblait
étouffer même le bruit des pas, et Eddy, à qui rarement 20
échappait le moindre mouvement de Paddy, ne s'aperçut
point qu'il sortait. Il erra dans le corridor, monta sans
avoir dessein de monter.

Dans le salon où il faisait tout à fait nuit, les miroirs
seuls luisaient encore, pareils à des miroirs fantastiques 25
où vont se manifester des apparitions. Le vent soufflait
par rafales, la pluie faisait rage [1] contre les vitres. Les
deux vieilles dames et Richard ne disaient rien: les simples
se recueillent comme des enfants réprimandés, lorsque les
éléments grondent. 30

Puis Eddy se sentit gagnée par un lâche bien-être, elle

---

[1] **faisait rage,** *was falling in torrents.*

respira d'être à l'abri,[1] elle goûta le confortable de la pièce
bien close, la sécurité du home. Elle promena un lent regard sur toutes les choses que l'obscurité enveloppait.

Malgré les ténèbres, elle reconnut à l'instant que Paddy
5 n'était plus là. Elle se dressa, elle sortit.

Elle le chercha dans toute la maison, et d'abord dans les
endroits où vraisemblablement il n'était point: dans la
salle à manger, la cuisine même. Elle fut appuyer son
front aux vitres de couleur du jardin. Ensuite elle monta
10 l'escalier, fouilla les chambres de Mme Collins et de Mme
Glategny, et la sienne; et affolée, sans frapper, elle se jeta
dans la chambre de Paddy: il n'y était point. Elle monta
plus haut. Un étroit escalier, dissimulé dans l'épaisseur
du mur, donnait accès, sur le toit même, dans une lanterne
15 de verre polygonale. Et enfin Paddy était là.

Il regardait l'orage, au cœur de l'orage même.[2] L'enfant
hardi, épouvanté de son audace, mais soutenu et exalté
comme par une curiosité sacrilège, violait le mystère des
tempêtes. Il surprenait la formation des nuages et assistait
20 à leur épique mêlée. Deux armées, chassées l'une contre
l'autre par les souffles désorientés, accouraient de l'ouest
et de l'est. Mais un tourbillon de vent vertigineux les
empêchait de prendre contact au zénith, elles roulaient sur
elles-mêmes, se poursuivaient en cercle indéfiniment, et
25 l'éclair jaillissait à tout instant de leurs heurts fortuits
comme d'un choc d'épées. Des légions formidables se ré-
solvaient en pluie subitement, incessamment remplacées
par d'inépuisables réserves et par des recrues qu'une
volonté toute-puissante semblait tout d'un coup créer

---

[1] **elle respira d'être à l'abri,** *she breathed more freely now that she
was under shelter.*   [2] **au cœur de l'orage même,** *in the very midst of the
storm.*

de rien. Parfois une saute brusque du vent changeait l'offensive en retraite. Ou bien la grosse artillerie du tonnerre, forçant à l'aile ou au centre une de ces puissantes armées, émiettait l'inconsistante vapeur en grêlons durs.

Sur la terre, où l'on ne reçoit que les éclaboussures du 5 carnage, ces spectacles à peine devinés n'inspirent que des terreurs humiliantes, physiques, et l'action de la foudre même se réduit à un énervement. Mais ravis au ciel, jetés au cœur de la mêlée, soustraits aux conditions vulgaires de la vision humaine, ces deux enfants ne pouvaient plus sen- 10 tir comme des créatures terrestres, et ne pouvaient plus sentir comme eux-mêmes; l'âme de l'infini remplaçait en eux leur âme propre, ainsi que l'âme collective remplace la conscience personnelle chez celui qui se mêle aux foules. Ils avaient des frissons grandioses et de sublimes pensées. 15 Pouvaient-ils soutenir longtemps les transes de cette possession ? Eddy fléchit la première. Sa propre transfiguration l'épouvantait plus que les orages. Elle regardait avec un tremblement superstitieux Paddy, dont l'assurance ne se démentait pas encore. Qu'il était loin d'elle ! Qu'il 20 était haut ! Elle se mit à pleurer doucement.

— Oh ! dit-il, Eddy, qu'avez-vous ?

Et, parmi ce fracas barbare, sa voix était divine comme un souffle.

Elle répondit, sans comprendre elle-même le sens pro- 25 fond des paroles que son instinct seul lui dictait.

— Oh ! Paddy, il me semble que vous êtes parti.

Il s'approcha d'elle, il souriait. Il la protégea de ses bras. Puis dégageant d'une main le front brûlant que les cheveux noirs en désordre faisaient trop bas, il y déposa 30 des baisers qui conduisirent en elle toute l'électricité de l'orage. Elle se blottit, n'ayant plus peur, contre l'enfant

qui venait de lui apparaître surhumain, elle ferma les yeux
et elle attendit.

Lorsque timidement, après très longtemps, ses paupières
se rentr'ouvrirent, parce qu'elle n'entendait plus qu'un
5 grand silence et qu'elle se sentait pénétrée d'une chaleur
douce, Eddy eut un éblouissement. Tous les nuages du
ciel avaient disparu comme un rêve, et maintenant elle
était perdue avec son ami dans un infini d'azur et de lumière. Son cri de joie répondit au cri d'angoisse que tout
10 à l'heure elle avait poussé sans le comprendre, et elle ne
comprit pas davantage les paroles de son enchantement:
« Oh ! Paddy, dit-elle, Paddy, il me semble que vous êtes
revenu ! »

Ils entendirent Mme Glategny qui les appelait d'en bas:
15 « Eddy ! Paddy ! Où êtes-vous ? Dick va partir, et il
voudrait vous dire adieu. » Ils échangèrent, comme à
toutes les heures plus particulièrement mystérieuses de
leur vie, ce regard de triomphe et de malice qui exprime
ensemble toute l'humanité et toute la divinité de l'enfance.
20 Mais l'épreuve avait été trop forte pour Eddy, elle ne
s'en remit point, cette année-là, complètement.[1] Elle
avait reçu des voix de l'orage l'annonciation mystérieuse
du départ, et elle n'en pouvait plus chasser le pressentiment. Toutes ses joies dès lors en furent gâtées. L'in-
25 souciant Paddy prenait toujours le même plaisir aux jeux,
aux caresses et aux baisers. Elle s'abandonnait à sa fantaisie, mais tristement, avec les apparences de l'indifférence
et de l'insensibilité. « Qu'avez-vous ? » lui demandait-il
quelquefois. Elle répondait toujours: « Vous partirez. »
30 Il avait l'âme d'un nomade, il acceptait gaîment l'in-

---

[1] **elle ne s'en remit point ... complètement,** *she did not completely
recover.*

stabilité de sa vie. Il répondait: « Mais oui, je partirai un jour, et un autre jour je reviendrai. » Elle secouait la tête.

La dépêche de Justin Higginson arriva quelques jours plus tôt qu'on ne l'attendait. Cette surprise augmenta et dénatura le chagrin d'Eddy, qui eut un accès de colère, sans larmes. Lorsque Justin Higginson vint au cottage, elle s'enferma dans sa chambre. On ne put la décider à descendre. Paddy fut obligé de monter chez elle pour lui dire adieu. Elle l'étreignit avec un emportement inaccoutumé, qui lui-même le troubla. Puis elle le regarda fixement, et ses yeux, ses yeux variables étaient noirs maintenant comme l'orage. Elle lui dit: « Je vous regarde, parce que je ne vous verrai plus jamais. »

Elle dit ces paroles sans les comprendre, comme tant d'autres, qu'un instinct supérieur à son intelligence lui suggérait, et cette fois encore elle dit la vérité, profondément: car jamais plus elle ne devait revoir l'enfant qui s'était promené avec elle dans les allées du paradis terrestre enfantin. C'est un autre Paddy qui devait revenir en septembre, une autre Eddy le recevoir, et leur paradis même devait perdre son charme de puérilité, comme s'il grandissait avec eux.

IV

La marée d'équinoxe montait, la marée de l'annuel revoir, qui chaque automne amenait de l'horizon le voyageur, las de croisières dont il ne faisait point le récit. Et une jeune fille, qui s'appelait encore Edith Glategny, mais ne

ressemblait plus à l'enfant qui s'appelait Eddy, comme de
coutume se tenait debout à la pointe de la jetée Victoria.

La mer ne ressemblait pas non plus aux mers équinoxiales
des deux années précédentes: grise, mais sans houle, et
5 soufrée d'une pâle lumière jaune sous un ciel comme elle
gris, où parmi des coussins de vapeurs grises un soleil de
soufre pâle s'endormait. Eddy se tenait raidie, sur la
pointe des pieds, et la brise enlevait symétriquement sa
robe molle, mais étoffée. Elle ne paraissait point reposer
10 à terre, mais être portée par son rêve comme une divinité
par son nuage. Elle rapprochait les épaules frileusement,[1]
et c'était un geste de pudeur instinctive, pour cacher qu'elle
était maintenant femme trop visiblement. Elle penchait
aussi la tête, de sorte que, pour regarder devant elle, elle
15 était forcée de lever les yeux, ses yeux d'étain, comme si
elle avait regardé très haut, dans une extase. Les deux
belles nappes de cheveux noirs ne se drapaient plus à
présent sur ses épaules: elles étaient relevées et rattachées
par derrière, toujours, comme naguère pour dormir seule-
20 ment. Son teint pâle, nuancé par le hâle, non par le sang,
n'était point celui d'une créature véritablement existante,
et pourtant ses lèvres à vif[2] accusaient une santé jeune,
toute son impatience était dans ses lèvres. Le reste de son
corps perdait toute énergie. Son cœur n'avait plus la force
25 de battre plus fort. Elle sentait ses épaules si fatiguées
qu'elle ne savait point si elle pourrait encore faire le geste
d'embrasser Paddy: elle laissait pendre, au long de ses
flancs étroits, ses bras inutiles. C'est avec ses lèvres qu'elle
attendait Paddy.

30   Et vers le Sud, un peu vers l'Orient, jaillissant du mystère des eaux, le beau yacht blanc gravit la pente de l'hori-

---

[1] **frileusement,** *as if she were cold.*   [2] **à vif,** *bright red.*

zon. Il se dirigea sans détour vers l'île, vers le port. Il
aborda, et Paddy fut visible, l'autre Paddy, si grand, tellement plus grand qu'Eddy, si blond et cependant plus
mâle. Quand les deux enfants se trouvèrent tout près l'un
de l'autre, tout contre, ils ne firent que trembler, ils ne 5
disaient rien. Leurs lèvres tremblaient, et ils ne songeaient
plus au baiser. Leurs paupières tremblaient, et leurs yeux
ne pleuraient point. En se tenant par la main, ils retournèrent vers la maison.

Lorsque Paddy revit le cottage d'Almorah, il éprouva 10
une surprise. Il voyait à présent comme un homme, les
proportions des choses avaient changé pour lui. Il se penchait pour regarder celles qui naguère l'obligeaient à lever
les yeux. Il n'osait plus faire un mouvement, craignant
de briser tous les jouets et toutes les fragilités qui étaient 15
à l'entour de lui. Pour passer les portes il se plaçait
de biais,[1] craignant de heurter aux chambranles ses épaules
désormais trop larges. Eddy, qui n'avait pas un jour
perdu de vue ces mêmes choses, n'avait pu jusqu'ici apercevoir de tels changements; mais dès que Paddy surve- 20
nant lui donna l'échelle des objets, elle éprouva, en même
temps que lui, la même surprise. Ils se regardèrent, inter-
dits, ils sourirent; mais ce n'était plus, comme il y a si
peu de temps, le sourire malicieux et triomphal de l'enfance. Ces anciens enfants exprimaient un rien de regret [2] 25
attendri, une fierté aussi, une joie de vivre plus, et un embarras de vivre trop. Paddy murmura: « Nous ne sommes
plus des enfants, Eddy. »

Ils renoncèrent à s'enfermer dans le cottage ainsi que les
années précédentes à pareille époque, et malgré la mauvaise 30

---

[1] **il se plaçait de biais,** *he walked sideways.* [2] **un rien de regret,** *a
slight regret.*

saison ils sortirent. Ils étaient plus libres. Eddy n'allait
plus au collège, Paddy ne suivait plus les classes, et travaillait à ses heures [1] pour des préparations d'examens.
Ils sortirent, non qu'ils eussent, comme l'an dernier après
5 Pâques, un insatiable désir du grand air et des grands
chemins, ni une méfiance du home où des importuns pouvaient survenir. Au contraire, ils étaient tristes, et comme
honteux, de ne plus respirer à l'aise dans la maison qu'ils
avaient aimée si longtemps comme un nid, mais qui de-
10 venait vraiment trop exiguë pour leur taille, trop puérile
pour leur adolescence.

Mais le même sentiment les exilait aussi de leur paradis
enfantin. Ils ne pouvaient plus compter sur leurs habi-
tuelles retraites — qui d'ailleurs ne les tentaient plus, car
15 leurs goûts s'étaient modifiés. Un étrange amour leur
venait pour toutes les choses qui sont vagues. Ils ne cherchaient plus les paysages bien composés, bien encadrés,
mais ceux où il y a une trouée, une échappée sur l'infini,
par où leur imagination pouvait s'envoler vers l'inconnu.
20 Alors ils s'éprirent de la mer. Ils aimèrent à se promener
sur les grèves, que le flot déforme et reforme sans cesse,
qui n'ont jamais la même étendue, les mêmes lignes et la
même physionomie. Ils aimèrent à écouter la voix des
vagues, qui n'a aucune signification, ils aimèrent à les re-
25 garder surtout, monotones, diverses, toujours pareilles,
jamais pareilles, ils aimèrent en elles le symbole de tout
indéfini et de toute contradiction. Cet automne, cet hiver
même, qui fut clément, leur offrit toute la variété de décors
qu'ils pouvaient souhaiter. Ils connurent toute la gamme
30 des mers grises, toutes les nuances des soleils éteints et

---

[1] **travaillait à ses heures,** *worked at his own convenience.*

brumeux, des soleils rouges et gelés, des soleils pâles et
soufrés.

Ils allaient. En marchant, ils ne faisaient pas plus de
bruit sur le sable que les mers calmes des jours froids. Ils
parlaient à peine, ils n'avaient presque rien à se dire, mé- 5
lancoliques, unanimes. C'était fini de leurs gaîtés sponta-
nées: ils avaient besoin de motifs pour rire. Ils étaient
heureux, mais sans éclat, comme la lumière de ces jours.
Ils avaient des façons de convalescents,[1] ils ne voulaient
pas faire de bruit. Ils aimaient le mystère autour d'eux et 10
en eux-mêmes. Ils étaient de discrètes personnes.

Leurs gestes, si rares, n'étaient que des ébauches de
gestes,[2] et leurs caresses, plus rares encore, des indications
de caresses. Ils craignaient le baiser, et même la pression
des mains. Le matin, quand ils se disaient bonjour, le soir, 15
quand ils se disaient bonsoir à la porte de leurs chambres,
ils se tendaient les mains, mais ils les retiraient aussitôt,
parfois même avant de s'être touchés, comme font les Orien-
taux cérémonieux. Ils se plaisaient encore à s'asseoir
sur le même siège, mais ils ne s'appuyaient plus l'un contre 20
l'autre, et leurs bras ne savaient plus s'entrelacer: ils ne
voulaient que sentir la subtile tiédeur de leurs corps ap-
prochés mais séparés. Paddy se penchait bien encore,
comme s'il allait reposer sa tête contre la poitrine d'Eddy
afin de la regarder de bas en haut et de se donner l'illusion 25
qu'elle fût toujours plus grande que lui; mais il ne faisait
que le simulacre de ce mouvement, sa tête n'osait plus se
reposer sur cette poitrine qui n'était plus celle d'une
enfant. Lorsque ensuite il se redressait, sa joue parfois ef-
fleurait la joue d'Eddy: c'était la plus hardie, la plus pré- 30

---

[1] **Ils avaient des façons de convalescents,** *They behaved like convalescents*. [2] **des ébauches de gestes,** *suggestions of gestures*.

cieuse aussi de leurs caresses, et ils défaillaient tous les deux.

L'an dernier, comme tout dans leur vie était défini et limité, il leur arrivait très souvent de goûter un bonheur 5 parfait; très souvent leurs désirs précis étaient réalisés pleinement. Ils ne concevaient plus maintenant que des désirs vagues, et ils n'obtenaient plus que des réalisations incomplètes. Toutes leurs joies les laissaient sur une incertitude, sur une inquiétude; mais aussi ils connaissaient 10 une des plus rares voluptés, qui est de désirer toujours sans être rassasié jamais. Que désiraient-ils cependant ? Ils n'en savaient rien, ils croyaient que l'objet indéfinissable de leur désir était dissimulé, mais présent, derrière les voiles de l'horizon gris.

15 Quel coup de théâtre lorsque ces voiles se déchirèrent aux premiers beaux jours ! La mer, dévêtue de ses brumes, perdit son mystère et ses séductions de mer septentrionale, elle se farda d'un azur trop vif et se tacha, par places, d'indigo. Ces lumières trop crues irritèrent leur vue à l'excès, 20 comme si leurs yeux délicats ne pouvaient supporter que des nuances fondues et amorties. Et ils se dégoûtèrent presque aussitôt de la mer, qui, en précisant ses contours et ses couleurs, venait de trahir si cruellement leur désir mélancolique de l'incolore et de l'illimité.

25 Par une étrange perversion, qui n'est qu'une autre forme de ce désir, leur propre santé, trop brillante, les gênait. Ils souhaitaient ces lassitudes de tout le corps, ces énervements de l'épiderme qui ne peut toucher à rien parce que tout l'irrite, même un contact de soie, ces mollesses des 30 genoux qui ploient, des bras qui s'abandonnent, ces faiblesses des yeux qui se ferment parce que le moindre éclat les blesse. Paddy, le viril Paddy, dit un jour ces étranges

paroles: « Je voudrais être malade pendant très longtemps. »

Mais, au contraire, ils se portaient bien, trop bien.
Paddy ne savait pas que faire de sa force. Il se dépensait
en cris,[1] en gestes de jeu. Il ne jouait pas pour s'amuser, 5
puisqu'il n'était plus un enfant, mais il ne pouvait faire
autrement. Il ramassait des cailloux et les lançait dans
la mer, il brisait les branches des arbres. Il marchait vite
et longtemps; il était capable d'accomplir en une seule promenade le tour de l'île, et Eddy était capable de le suivre. 10

Ils parcoururent leur ancien paradis d'enfants avec des
rapidités prodigieuses, qui leur donnaient l'illusion d'avoir
chaussé les bottes de sept lieues,[2] d'apercevoir les choses,
au hasard de leurs bonds,[3] à vol d'oiseau. Dans ces conditions tout exceptionnelles, leur manière de voir fut encore 15
une fois modifiée. Ils ne virent plus ni les gras pâturages
normands où paissent de courtes vaches, ni les campagnes
soignées en façon de jardins et appropriées à l'idylle, les
vallons gracieux, les collines doucement ballonnées et les
belles fleurs partout répandues. Ils retrouvèrent l'Amé- 20
rique du Sud et l'Afrique centrale de leurs puériles explorations. Mais ils ne s'intéressaient plus qu'à l'exubérance, et
point à l'exotisme de cette végétation tropicale. Ils n'é-
taient plus des Robinsons[4] enfantins, des explorateurs
candides et curieux, mais des adolescents tourmentés, ils 25
ne cherchaient dans cette nature en travail de printemps
que le mirage d'eux-mêmes et le spectacle des pubertés
sympathiques.

[1] Il se dépensait en cris, *He gave vent to it in shouts.*   [2] Allusion to
the magic boots in Charles Perrault's *Petit Poucet* (Tom Thumb).
[3] au hasard de leurs bonds, *while leaping.*   [4] des Robinsons, *like
Robinsons*, referring to Robinson Crusoe in Defoe's famous novel.

Ils ne songeaient plus à se réfugier dans les rochers de
Saint-Aubin.   Les propriétés particulières, où il y a des
palmiers, des eucalyptus et des camélias, leur offraient de
plus désirables retraites.   Elles sont ouvertes au public
5 presque tous les jours de la semaine.   Dans ces jardins
féeriques, déserts à cette époque de l'année, ils se prome-
naient sans nulle crainte d'être importunés, même par les
propriétaires, encore absents.   Ils y étaient chez eux.[1]   Ils
y trouvaient des oasis magnifiques; à l'ombre des fuchsias
10 arborescents et des lauriers-roses qui mêlent leurs branches
et leurs fleurs, ils s'asseyaient l'un près de l'autre, parmi les
touffes d'hortensias bleus.

Encouragés par les exemples de la nature, ils se résignèrent à leur propre santé, ils n'eurent plus de scrupules
15 pervers, ils conçurent même quelque fierté d'être si forts.
La brume, qui avait longtemps enveloppé les horizons de
leur conscience, se déchira et se dissipa comme celle qui
enveloppait cet hiver les horizons de la mer.   Ils perdirent
le goût des choses vagues, et en même temps leur discré-
20 tion.   Ils précisèrent leurs caresses.   Les mains de Paddy,
qui naguère erraient à l'entour d'Eddy, craignant de se
poser sur elle, n'hésitèrent plus à la toucher.   Il étreignait
la souple tige de ce beau corps, il serrait Eddy contre lui
jusqu'à lui faire mal.   Et un jour que, s'étant renversé
25 contre la poitrine déjà féminine de son amie pour la regarder de bas en haut, il se redressait, au lieu de frôler
seulement la fleur de sa joue, il y appuya un baiser, qui
ne fut pas leur ancien baiser de tous les matins et de tous
les soirs.

30   Mais il eut, à cette première étreinte moins innocente,

---

[1] **Ils y étaient chez eux,** *They felt at home there.*

une si foudroyante révélation de la douleur que, tout surpris, il dénoua ses bras. Il ne savait pas ce qui lui arrivait.
Il suffoquait. Deux fois, trois fois d'autres jours, il renouvela cette tentative, et avec des pressentiments, avec
des angoisses. Et tel fut chaque fois son trouble, sa souf- 5
france, qu'il ne voulut point risquer d'éprouver la même
souffrance une autre fois. Il eut peur d'être seul avec
Eddy. Il eut peur même d'être avec elle.

Elle en fut affligée, stupéfaite. Il donnait des prétextes
mal inventés pour ne plus se promener. Il s'enfermait 10
dans sa chambre, ou bien il s'échappait à l'improviste, sans
la prévenir. Elle avait bien senti comme lui la douleur
étrange de ce baiser, et elle se fût peut-être échappée la
première s'il n'avait pris l'initiative de la fuite; mais, du
moment que Paddy fuyait, elle devait le poursuivre. Elle 15
le trouvait lâche de se dérober ainsi, elle était honteuse
qu'il eût si peu de courage, elle avait plus de courage que
lui.

Du matin au soir, elle se mit à le persécuter. Elle le
guettait, elle entrait dans sa chambre, sans avoir l'air d'y 20
prendre garde, comme si cela était sans conséquence. Ces
façons libres choquaient Paddy affreusement. En cette
saison de l'adolescence, l'homme est quelquefois plus farouche, plus délicat peut-être que la femme. Sa pudeur
plus inattendue, presque anormale, aisément devient ma- 25
ladive. Paddy rougissait de voir le secret de son intimité
chaste violé par Eddy. Il aurait voulu que la chambre où
il se cachait fût pour elle, comme celle d'Eddy pour lui-
même, un virginal et impénétrable sanctuaire.

Plus elle s'attachait à ses pas, plus il devenait ombra- 30
geux. Une idée le tourmenta longtemps d'avance, qu'il
ne pouvait point supporter: on allait peut-être les obliger

à reprendre cet été les habitudes par trop [1] naïves des étés
précédents.　Il évitait d'en parler, et à chaque repas il
avait des angoisses, craignant toujours qu'Eddy ou l'une
des dames fît à ces choses prochaines une allusion.　Cette
5 permanente inquiétude lui inspirait l'aversion de la mer,
et jamais pourtant il n'avait désiré la mer davantage.　Ses
pas, malgré lui, le conduisaient sur la plage, et il suivait
les rivages en détournant les yeux.　Il allait d'une démarche
timide, comme s'il avait redouté de se mouiller, mais il
10 aurait voulu s'évanouir dans la mer pour y tomber sans
le faire exprès, et pour succomber, sans être responsable,
à la tentation de cette volupté.

　　Un jour, il ne résista plus, il partit, ne se doutant point
qu'Eddy le guettait: Eddy le suivit.　Ce n'était pas la
15 première fois, mais jamais elle n'avait osé le suivre bien
loin.　Aujourd'hui, aiguillonnée par une plus lancinante
inquiétude, de rue en rue elle le suivit, elle monta derrière
lui la route escarpée qui tourne le fort Régent.

　　Paddy, comme ceux qui ont peur, marchait sans tourner
20 la tête.

　　Il atteignit bientôt la mer.　Vers l'est, la baie se creuse
profondément.[2]　Les vagues meurent sur une grève presque
plane qui s'étend à perte de vue.　Mais du côté de Saint-
Hélier, à la place même où Paddy arrivait, le rocher du
25 fort plonge à pic dans l'eau.　Un large chemin en corniche
est taillé dans le roc jusqu'à la pointe, que prolongent, en
la recourbant de manière à fermer la baie, d'autres rochers
moindres, séparés à la marée haute par d'étroits bras de
mer.

30　　Sur le chemin, comme sur une terrasse, des promeneurs

---

[1] **par trop,** *really too.*　[2] **se creuse profondément,** *makes a deep curve.*

vont, viennent; d'autres s'assoient: des vieilles gens, des
familles, des jeunes filles et des femmes qui s'occupent à
des ouvrages de couture ou de broderie, tandis que des
centaines d'enfants se baignent à leurs pieds. Les hommes
vont se baigner plus loin, à la pointe, et Paddy s'y dirigeait. 5
Eddy le suivit jusqu'au premier tournant du chemin, mais
elle n'osa point dépasser cette limite que d'ordinaire les
promeneurs ne franchissent pas. Elle n'osa pas davantage
s'en retourner. Comme elle avait, dans un petit sac, un
ouvrage de broderie, elle s'installa sur un banc, et se mit 10
à travailler comme les autres.

Le bruyant spectacle de ces centaines d'enfants, qui
jouaient dans l'eau à ses pieds, l'attrista; elle se rappela
le jour où la chère retraite de Saint-Aubin, le paradis aujourd'hui perdu, avait été pour la première fois envahi et 15
violé.

Elle regarda furtivement là-bas, vers la pointe. Elle n'y
aperçut que trois soldats, qui avaient déjà revêtu leurs tuniques écarlates et qui s'apprêtaient à revenir par ici. Et
même le dernier bloc isolé était désert, lorsque tout d'un 20
coup Paddy surgit au sommet. Malgré l'éloignement,
Eddy le reconnut sans hésitation. Tout le creux de la baie,
abrité par la montagne, était dans l'ombre, mais la ligne
d'ombre s'arrêtait net au dernier rocher, qui était en plein
soleil. Et dans un poudroiement de lumière,[1] au milieu de 25
la mer calme, glauque, par places tachée de violet et de
vert-de-gris, debout sur son piédestal de pierre noire, Paddy

---

[1] This impressionistic image can be frequently found in the works
of the Goncourt brothers whose *grenier* Abel Hermant used to visit
at the beginning of his literary career. Cf., for instance, in *Germinie
Lacerteux:* "La campagne, au loin, s'étendait . . . perdue dans le
poudroiement d'or de sept heures."

affirmait sa beauté. Splendide et blond, il ruisselait de
soleil avant de ruisseler d'eau. Ses pâles cheveux auréo-
laient son front nu, et de si loin distinctement Eddy le
voyait sourire, elle voyait l'étrangeté de son sourire. Ja-
5 mais il ne s'était révélé à elle si incontestablement miraculeux. Ah ! cette fois, il était bien le mystérieux voyageur
qui arrive du Midi ou de l'Orient, le héros solaire qui naît
avec l'aurore du sein des ondes, et il apportait à cette fille
des lointains rivages, que ses cheveux noirs et ses yeux
10 d'étoile semblaient consacrer à la Nuit, la séduction de la
jeune lumière, de l'aube éternelle.[1]

Eddy se leva, ses bras nonchalants voulurent se tendre
vers l'adorable apparition; mais, en proie à une terreur
superstitieuse, elle baissa les yeux et elle s'enfuit. Elle
15 avait vu le dieu sans nuage. Elle rentra toute tremblante
dans l'humble maison, dans le cottage enfantin. Elle attendit Paddy avec de grands frissons de désir et d'effroi.
Mais quand elle reconnut le rythme de ses pas sur le pavé
de la rue, elle s'enfuit encore, elle se cacha et s'enferma dans
20 sa chambre. Elle ne descendit qu'à l'heure juste du dîner,
avant toutefois qu'on eût pris place autour de la table, et
Paddy se tenait dans le window, regardant par la fenêtre
ouverte la lumière mourante: de sorte que ses joues fraîches
et veloutées se teintaient de tous les reflets du couchant.
25 Il était désirable comme un fruit mûr.

Cette nuit, Eddy ne put dormir, il ne faisait pas nuit
pour elle, l'image éblouissante de Paddy éclairait toute sa
chambre. Cette lumière ardente pénétrait en elle-même,
illuminait son cœur et le brûlait. Cette lumière ne s'étei-
30 gnit plus. Consumée, chancelante, Eddy s'écartait main-

---

[1] This idea of the dazzling brightness of youth has been used by
Abel Hermant as a title for one of his best novels: *L'Aube ardente.*

tenant du foyer dont elle ne pouvait soutenir l'éclat et le
rayonnement. A la maison même, elle évitait Paddy. Et
ils vivaient tous deux dans une grande gêne. Mais comme
ils étaient aussi très timides et qu'ils redoutaient la nécessité d'une explication, hypocritement ils se ménageaient, 5
afin de se persuader l'un à l'autre que rien entre eux n'était
changé. Et quelquefois, le soir, ils se faisaient violence
pour s'asseoir côte à côte sur le meuble de coin formant
étagère et divan. Ils y reprenaient leurs attitudes d'enfants sages. Ils feuilletaient les albums de Walter Crane, 10
les chers albums si souvent maniés, usés aux angles. Et
tous les jeunes dieux, les héros de mythologies ou de contes
de fées qui ressemblaient tant à Paddy, Eddy les voyait
comme lui peints avec des couleurs de soleil, dessinés avec
des cernures de lumière. 15

Un de ces soirs, Paddy lui fit une proposition inattendue.
Il s'agissait d'aller se promener le lendemain dans un de
ces grands chars à bancs pour les touristes. Eddy, surprise
et attendrie, accepta sur-le-champ, avec un sourire mouillé,[1]
avec une main doucement posée sur la main de Paddy, puis 20
aussitôt retirée, comme naguère. Et ils crurent qu'ils allaient retrouver le lendemain leur paradis, le paradis en
miniature où ils avaient connu le bonheur parfait.

L'idée était bizarre de faire cette promenade en si nom-
breuse compagnie, eux qui jusqu'alors souhaitaient tou- 25
jours l'isolement. Mais à cette époque de l'année les
voyageurs de France ne sont pas encore arrivés. L'île
n'est fréquentée que par des Anglais, qui ne s'étonnent
point de voir aller seuls ensemble un tout jeune homme et
une toute jeune fille. Ces témoins discrets ou indifférents 30
devaient les enhardir plutôt que les gêner, et en effet ils

---

[1] **sourire mouillé,** *tearful smile of gratitude.*

se trouvèrent d'abord plus à leur aise, en voyant que leurs
attitudes et leurs gestes ne choquaient nullement toutes ces
nombreuses grandes personnes.

On les avait placés sur le premier banc, à la droite du
5 cocher. Ils étaient serrés l'un contre l'autre, et Paddy était
bien obligé de tenir Eddy par la taille afin qu'elle ne tombât
pas. Vraiment cette liberté, que depuis quelques semaines
ils n'osaient plus prendre, leur parut sans conséquence;
leur secret désir se réalisait, ainsi qu'ils avaient confusé-
10 ment prévu: ils retrouvaient leur inconscience d'enfants.

Ils retrouvèrent du même coup leurs fantaisistes visions
d'autrefois. Comme au temps des explorations, ils songèrent aux forêts vierges, à la vue de ces haies monstrueuses
faites d'un enchevêtrement d'épines, de chardons bleus et
15 secs, de chardons blancs et velus, d'où se détachent des
lianes de lierre qui, perfidement, courent sous les herbes,
regrimpent au tronc des arbres, les étreignent et les étouffent. Comme au temps des idylliques naïvetés, ils retrouvèrent partout l'île heureuse que résumait et que
20 symbolisait à leurs yeux la retraite de Saint-Aubin, la
vasque de granit poli environnée de rochers symétriques,
asile providentiel de l'enfance fragile et de l'innocence nue.

Aux haltes, ils s'amusèrent comme des enfants. Le plus
gracieux épisode de leur promenade fut une visite aux serres
25 de raisin noir. Les ceps étaient plantés à intervalles égaux,
le long d'un mur très bas qui supportait un vitrage en
pente. A l'angle de la verrière et du mur, ils se retordaient
docilement pour suivre la toiture transparente où des
nœuds de fer les accrochaient, et ils allaient se terminer à
30 l'autre mur, qui était plus haut. Soigneusement dépouillés
de toutes les feuilles inutiles, ils ne présentaient que des
verdures clairsemées, parmi lesquelles des grappes noires,

qui toutes semblaient pareilles et de même poids, étaient
distribuées régulièrement; et ce plafond bas, mansardé,[1]
fait de feuilles vertes et de fruits noirs, se continuait à
perte de vue.

Les visiteurs firent quelques pas seulement dans les 5
vastes serres. Eddy et Paddy, qui marchaient plus vite,
se trouvèrent bientôt seuls, sous les vignes, dont les raisins
suspendus ressemblaient à des boucles noires. Il n'était
point permis d'y toucher. Ces fruits, qui venaient à la
portée de leurs mains, étaient des fruits défendus: ils ne 10
résistèrent pas à la tentation. Ils étaient debout, face à
face, et si près l'un de l'autre qu'ils se touchaient. Paddy
enveloppa de son bras la taille d'Eddy afin qu'elle pût se
renverser en arrière. Elle plia son beau corps, leva les
yeux, tendit une main. Alors elle cueillit un grain, un seul 15
grain, et le déposa sur les lèvres entr'ouvertes de son ami.
Ils se détachèrent aussitôt, ils rougirent. Ils hésitaient à
revenir vers les voitures où ils allaient retrouver tant de
témoins. Ils auraient voulu se cacher parce qu'ils avaient
touché au fruit de l'arbre. Mais, secrètement, ils étaient 20
fiers d'eux-mêmes, et tumultueusement heureux pour avoir
osé faire la chose défendue.

Très peu d'instants après, l'on parvint au point extrême
de la promenade, à Plémont.[2] Une auberge était construite
à la crête de la falaise. La falaise était si élevée qu'elle 25
dépassait la ligne de l'horizon, et l'on ne voyait pas, même
très loin, la mer, que l'on devinait par derrière et que l'on
entendait aussi.

Eddy et Paddy n'entrèrent pas à l'auberge. Tandis que
les cochers dételaient les chevaux, ils descendirent par un 30

---

[1] **mansardé,** *sloping.*   [2] Cape in the northwestern part of the
island.

sentier de chèvres[1] jusqu'au fond d'un ravin. Ils eurent à franchir encore un précipice en miniature, sur un pont suspendu qui avait l'air d'un jouet. Et enfin ils découvrirent la mer, mais très peu de la mer, entre deux murailles de rochers âpres, entre lesquels pointait encore une grande aiguille de rocher.

Ils essayèrent de pénétrer dans les grottes,[2] mais ils durent s'enfuir devant la marée qui montait, et ils eurent le cœur serré, une angoisse précise: ils avaient bien retrouvé quelques heures leur paradis d'enfants, mais qu'il était petit, leur Éden, assiégé de toutes parts par l'infini !

Ils se réfugièrent dans l'auberge, afin de ne plus voir et de n'entendre plus qu'à peine l'eau menaçante. Mais l'aspect de la salle commune, où il y avait foule, leur parut plus effroyable encore que le spectacle de la mer. Les murs nus n'étaient décorés que d'annonces de tabacs américains, chromos en trompe-l'œil représentant des femmes qui vous offraient au passage un paquet de *lone Jack* ou de *bird's eye*. Une grande table en fer à cheval était couverte de bouteilles ou de pintes d'ale, de carapaces de homards et de tomates crues, que des hommes et des femmes voraces mangeaient sans aucun assaisonnement avec leur chester. Les hommes qui avaient fini de luncher allumaient leur courte pipe de bruyère, et les tabacs blonds d'Amérique brûlaient avec une fumée blanche parfumée de miel. Un jeune garçon en culotte large, avec les bas à grands carreaux et les souliers jaunes, la casquette en arrière laissant échapper sous la visière une houppe de ses cheveux pâles, s'était assis devant un piano, et jouait avec une brutalité de joueur de tennis ou de foot-ball. Le « guide » du *car*,

---

[1] **un sentier de chèvres,** *a precipitous path.*   [2] i.e. the *Grande Grotte* and the *Grotte de la Cascade.*

vêtu d'une grande redingote sale, coiffé d'un chapeau de
soie roussi, chantait à tue-tête la légende de Mme Angot,[1]
chacun des couplets tour à tour en anglais et en français.
Il faisait tourner au-dessus de sa tête une grosse canne et
exécutait des grimaces de pitre.   5

Tous les autres jeunes gens, qui ressemblaient au pianiste
comme des frères, et portaient exactement le même costume, reprenaient en chœur au refrain; l'exubérance de
leur saine jeunesse était si magnifique dans sa crapule
même,[2] qu'ils soulevaient l'admiration et qu'ils défiaient le 10
dégoût.

Mais les deux enfants eurent peur de cette foule comme
ils avaient eu peur de la mer. Ils se regardèrent, le cœur
serré, avec le même sentiment de détresse que tout à l'heure,
avec la même angoisse précise: ils avaient bien retrouvé 15
quelques instants leur Éden puéril, mais, hélas! qu'il était
restreint et précaire, leur paradis terrestre, assiégé de toutes
parts par l'humanité!

Ils comprirent qu'ils avaient fait fausse route,[3] en essa-
yant de se renfermer encore dans des limites trop étroites 20
désormais pour eux. Le malaise, qui depuis des semaines
les tourmentait, venait de ce qu'ils n'osaient point s'évader
de leur enfance. Ils devaient s'y résoudre enfin. Deux
routes leur étaient offertes, puisque deux océans différents
venaient battre leurs rivages. Briseraient-ils la prison de 25
cristal où leur innocence les retenait? Céderaient-ils aux
séductions du bonheur humain dont l'appel se répercutait

---

[1] One of the most famous songs in *La Fille de Mme Angot*, musical
comedy by Charles Lecoq (1832–1918). The first performance was
given at the Folies Dramatiques, February 21, 1873.   [2] **dans sa
crapule même**, *in its vulgarity itself*.   [3] **qu'ils avaient fait fausse route**,
that they had made a mistake.

dans les cavernes de leur cœur par les mille échos du désir ?
Ils avaient des appétits plus grandioses, et, renonçant aux
joies humaines, ils choisirent la voie du mystère, avec cette
témérité sublime des cœurs que la science de vivre n'a pas
5 flétris.

Et de ce jour,[1] ne vivant plus que pour un avenir qu'ils
ne savaient point, ils ne se promenèrent plus que sur les
plages de la mer, comme des voyageurs qui attendent.
Et une fois encore ils refirent cette promenade de Montor-
10 gueil, se rappelant obscurément que la première année, sur
la plate-forme du château, ils avaient éprouvé en leur âme
d'autrefois quelques sentiments précurseurs de leur âme
d'aujourd'hui.

Comme ils descendaient du wagon à la station de Gorey,
15 ils virent, à deux ou trois pas en avant, un jeune homme
qui n'avait guère plus de vingt ans, et une jeune fille. Elle
était vêtue de blanc, et avec plus de commodité que d'élégance, mais elle était belle de fraîcheur et de santé. Lui,
avec le traditionnel costume, et le veston ouvert sur un
20 lâche maillot de laine blanche, apparaissait vraiment beau
et puissant ; sa démarche était lourde, mais non sans grâce,
à cause de l'aisance parfaite et de la souplesse de ses mouve-
ments réglés par les exercices physiques.

Ce couple intéressa la curiosité d'Eddy et de Paddy ; et,
25 bien qu'ils eussent d'abord l'intention de tourner à droite
pour aller directement au château, comme les autres tournaient à gauche, sans se concerter ils les suivirent.

Maintenant, comme la route montait au flanc de la colline, les deux étrangers allaient très lentement, d'un pas
30 énergique et balancé. Pour aider la jeune fille, le fort gar-

---

[1] **de ce jour** = *à partir de ce jour.*

çon la soutenait par la taille. Eddy et Paddy se tenaient simplement par la main.

Mais à l'improviste les étrangers biaisèrent par un sentier qui coupait la route à droite, et ils entrèrent dans l'enceinte du château par une poterne basse. Eddy et Paddy, un 5 instant, hésitèrent; mais sans se concerter ils prirent le même sentier et entrèrent aussi dans le château.

Alors, les deux jeunes gens inconnus, qui avaient entendu la porte se rouvrir et se refermer derrière eux, tournèrent la tête, et s'aperçurent qu'ils étaient suivis. Cela ne les 10 gêna point; ils en rirent d'abord et ils continuèrent de s'avancer lentement le long du chemin qui monte en spirale, tantôt pente douce, tantôt escalier aux larges marches, entre deux murailles, jusqu'au sommet. Ils s'enlaçaient plus étroitement, et constamment ils se parlaient, non point 15 à l'oreille, mais aux lèvres, comme pour se caresser d'un souffle plutôt que pour échanger des paroles.

Ils se donnèrent un baiser, mais comme par bravade; ils retournèrent aussitôt la tête, et ils rirent de voir encore les enfants; mais ils rirent avec plus d'embarras. Et brusque- 20 ment, trouvant à leur droite un étroit sentier qui aboutis- sait à la tourelle d'un veilleur, ils se dérobèrent par là.

Eddy et Paddy ralentirent le pas. Quand ils arrivèrent au même tournant, ils s'arrêtèrent, indécis. Paddy cepen- dant allait passer outre; mais Eddy, en se penchant, vit 25 tout à coup les deux inconnus qui se tenaient passionné- ment embrassés. Leurs lèvres s'étaient enfin réunies, et ils ne se parlaient plus. Elle se rejeta en arrière, et elle tira Paddy avec une extraordinaire violence. « Oh ! s'écria- t-elle, je vous en supplie, laissons-les. » Sa voix tremblait. 30 Elle avait des larmes dans les yeux. Paddy ne répondit rien. Ils poursuivirent leur chemin.

Ils arrivèrent enfin à la plate-forme, et ils virent dans toute sa splendeur la « grande et spacieuse mer. » Eddy sentit se gonfler sa poitrine et ses bras se tendre d'eux-mêmes comme vers un objet de désir; mais quand elle
5 tourna les yeux vers Paddy, elle frémit: Paddy n'était plus là vraiment; elle n'avait plus à côté d'elle, elle ne touchait plus de ses mains que l'enveloppe inerte d'une âme déjà partie au gré des flots vers les horizons radieux. Elle étouffa un cri de désespoir. Il revint à lui. Il interrogea
10 Eddy d'un regard tendre et douloureux. « Ah! répondit-elle, vous êtes venu de là, vous repartirez par là, et moi je resterai seule encore pendant de longues semaines. »

— Non, dit-il gravement: je vous emmènerai.

Et il lui montra d'un beau geste la mer infinie qu'il lui
15 offrait.

Elle prit entre ses longues mains le clair visage de Paddy, elle l'approcha de ses lèvres, et elle lui donna un baiser, comme la jeune fille qu'elle avait vue au bout du chemin, dans la tourelle du veilleur.

V

20 LORSQUE, assez peu de jours après, une dépêche annonça Justin Higginson, les enfants n'eurent point d'émotion ni de pâleur. Ceux qui doutent que leur résolution s'accomplisse, c'est qu'ils ne sont pas véritablement résolus. La volonté est conscience de pouvoir plutôt que conscience
25 d'effort. Paddy voulait emmener Eddy avec lui, cette fois, dans son voyage, et il savait qu'il l'emmènerait parce qu'il voulait l'emmener.

D'abord, et pour marquer qu'il ne se séparerait plus d'elle, il n'alla point seul accueillir M. Higginson au débarquement: Eddy l'accompagna. Et leur beauté, ce matin-là, était véritablement lumineuse. Les gens mêmes qui ne les connaissaient point prenaient plaisir à les voir passer se tenant par la main comme deux enfants, malgré leur âge et leur stature. Leurs yeux étaient beaux comme l'aurore du plus beau jour. Leur candeur était égale, et aussi leur charme. Ils avaient noblement confiance en eux-mêmes.

« Mon père, dit Paddy, je souhaite que nous emmenions Eddy avec nous. » Justin Higginson répondit: « Nous l'emmènerons. » Mme Glategny, qui n'avait pas même été pressentie, ne souleva point d'objections lorsque l'on daigna l'avertir. Il fut décidé que Mme Collins resterait au cottage d'Almorah, et que sa cabine du yacht serait attribuée à Eddy.

Il fallut aussi modifier le programme du voyage. On ne savait encore si Eddy supporterait bien la mer: elle ne devait point débuter par une traversée trop longue et trop pénible. M. Higginson arrangea que la première escale serait à Guernesey,[1] où l'on demeurerait trois ou quatre jours pour la visite de l'île, et le départ fut fixé au lendemain matin.

Aucune agitation d'impatience ne troubla, durant cette nuit, l'âme limpide d'Eddy et de Paddy. Leur joie, étant absolue, restait toujours pareille à elle-même en sa plénitude: elle n'avait point de moments, elle présentait ce caractère de l'éternité. Ils ne dormirent point sans rêves, mais ils ne rêvèrent point d'images successives et délimitées: ils rêvèrent continuellement une lumière qui emplissait l'espace infini.

[1] The second in size of the Channel Islands.

Au matin, Eddy, qui ne perdait pas le temps de son cœur
à s'examiner elle-même, mais qui trahissait fréquemment
les secrets de son inconscience par des réminiscences de
l'Écriture, entendit une voix qui disait: « Tu quitteras ton
5 père et ta mère. » [1]

La marée était haute de très bonne heure. Les voyageurs partirent peu de temps après le lever du soleil. Ils
ne parlaient point. Leurs pensées étaient somnolentes et
incertaines, vaguement attendries et comme humides de
10 rosée. A cause du vent favorable, on déplia les voiles, et
le yacht parut encore plus blanc, à la couleur d'Eddy; à
la couleur de Paddy aussi, car le fier garçon méritait comme
elle de n'être environné que de blancheurs, et son heure
était aussi celle de l'aube. [2]

15 La mer était calme. Eddy ne tournait pas les yeux vers
la ville, mais vers l'horizon. Lorsque l'*Ontario* doubla la
pointe de la Corbière,[3] une grande houle le berça: les mers
les plus paisibles s'irritent sur ces rochers à fleur d'eau,
et puis de ce côté il n'y a point de terre, d'île, qui depuis
20 des centaines de lieues brise les lames. Eddy et Paddy
s'étaient assis à l'avant, dans les fauteuils à balançoire.
Ils ne disaient rien, et ils regardaient au loin.

Ils observèrent avec étonnement que depuis quelques
minutes l'horizon, au lieu de continuer à fuir devant eux,
25 semblait s'être fixé. Ils n'approchaient point d'un rivage,
mais un mur blanchâtre se dressait devant eux, sur lequel
ils se précipitaient à toute vapeur, avec une vertigineuse
vitesse, si vite qu'ils n'eurent pas le temps de s'interroger

---

[1] Genesis ii, 24: " Therefore shall a man leave his father and his
mother, and cleave unto his wife: and they shall be one flesh."
[2] **aube** coming from the latin *alba* (white) is particularly exact in this
case. [3] Cape in the southwestern part of the island.

l'un l'autre. Tout d'un coup le yacht s'arrêta, sans aucun choc cependant: la quille n'avait point touché. Un appel de la sirène les fit tressaillir. Ils se regardèrent et ils se virent à peine. Ils venaient d'entrer dans le brouillard, et si près qu'ils fussent l'un de l'autre, ils ne pouvaient plus 5 s'apercevoir.

Alors ils se levèrent et allèrent s'accouder au bordage, coude contre coude. Ils avaient besoin de se toucher, puisqu'ils ne se voyaient plus. Penchés sur l'eau, ils en distinguaient à peine la soie glacée, comme à travers un nuage 10 de tulle. M. Higginson passa auprès d'eux, et leur dit une parole qui eut un retentissement étrange dans le brouillard. Puis on jeta la sonde, et comme la profondeur était suffisante, le yacht se remit en marche, mais avec des précautions minutieuses: il ne fendait plus l'eau, il la froissait. 15 Le silence était extraordinaire, mais la sirène déchirait l'atmosphère épaisse de ses sifflements réguliers. On faisait halte, on jetait la sonde, on repartait, et toutes choses étaient enveloppées de ténèbres blanches.

Voici que l'on entendit très loin le sifflement d'une autre 20 sirène, mais cela ne paraissait point réel: c'était comme un mirage de son. On ne pouvait point reconnaître si cela venait de bâbord ou de tribord, ou même de l'arrière ou de l'avant. La sirène du yacht répondit. L'autre voix se rapprochait toujours, et toujours on ne voyait rien. Il fut 25 sensible enfin [1] que l'appel venait de bâbord, tout près. Eddy saisit la main de Paddy. Tout d'un coup ce fut de plus près encore, mais de tribord, que vint la voix, et l'on n'avait vu passer aucune forme, aucun fantôme de navire. Eddy pressa la main de Paddy qu'elle avait prise, et mur- 30

---

[1] **Il fut sensible enfin,** *It finally became noticeable.*

mura dans l'extase: « Oh ! Paddy, Paddy ... avoir peur
ensemble ... »

Longtemps encore on naviguait dans ce brouillard, lentement. Et ce fut un coup de théâtre lorsque le voile se dé-
5 chira. La jetée était à portée de la main; un peu plus, le
frêle bateau s'y brisait.[1] La ville de Saint-Pierre-Port [2] apparut, sans reliefs, comme peinte sur une toile de fond.
Elle semblait occuper toute la façade de l'île. Des sommets
de collines, dont le recul n'était indiqué par aucune ombre,
10 dépassaient les plus hautes maisons. Et ce décor nouveau
était présenté avec la mise en scène d'un miracle, dans la
lumière d'un soleil gai qui semblait rire de la surprise des
enfants.

Ils s'écrièrent, de joie et d'étonnement naïf. Ils n'a-
15 vaient pas eu le temps de se reconnaître qu'ils étaient déjà
débarqués, ils s'en allaient vers la grande esplanade,[3] vers
l'Hôtel Royal.

Dans le vestibule de l'hôtel, à peine Justin Higginson
eut-il déclaré son nom, qu'on lui remit une dépêche à son
20 adresse. Il était rappelé à New-York sans délai. Cet incident, banal dans sa nomade existence, ne le contraria
même point: il eut vite fait de décider que son fils et Mlle
Glategny séjourneraient seuls ensemble à l'hôtel et visite-
raient à leur gré Guernesey: ils retourneraient ensuite à
25 Saint-Hélier par le bateau de Southampton. Là-dessus,
Justin Higginson fit ses adieux brièvement et partit.

Paddy, pénétré de son importance, demanda deux
chambres contiguës. Il n'en restait plus dans l'hôtel même,

---

[1] un peu plus, le frêle bateau s'y brisait, *a little more and the delicate boat would have wrecked itself.* [2] Capital of the island where Vic-
tor Hugo lived during his exile (1856–1870), Hauteville Street, 58.
[3] The esplanade Glategny.

mais on les logea au premier étage de l'annexe, pavillon
qui faisait l'angle de l'esplanade et d'une large avenue
montante, plantée de beaux arbres. Ce petit pavillon sé-
paré convenait bien mieux à Eddy et à Paddy que le
caravansérail de l'hôtel.[1] Ils en furent enchantés, et ils 5
dépensèrent beaucoup de temps à faire leur installation,
chacun chez soi, mais la porte grande ouverte.

Ces chambres, assez nues, mais belles de luisante propreté, étaient décorées d'un papier à fleurs en fouillis,
meublées d'une commode à poignées de cuivre, et d'une 10
toilette en frêne tourné à carreaux de faïence, comme dans
la chambre de Paddy au cottage d'Almorah. Celle d'Eddy
étant un peu plus grande, ils s'y réunirent. Ils soulevèrent
la guillotine de la fenêtre, et se penchèrent pour regarder
dans la rue. Ils découvraient une partie de l'esplanade et 15
du port; mais une jetée, à l'extrémité de laquelle était
construite une lourde bâtisse, leur masquait la vue des
belles collines vertes dont l'éperon s'avance dans la mer
et ferme la baie. Une tour à clocher, avec une horloge, se
dressait sur l'esplanade; et un tramway électrique passait 20
constamment par devant, relié, comme un bac à traille, par
un câble mobile, à un fil de télégraphe que supportaient des
poteaux très élevés; et chaque fois que la poulie du câble
heurtait un des isolateurs, une longue étincelle jaillissait.

Ce spectacle ne pouvait guère suffire à l'aliment de leur 25
curiosité; mais ils n'étaient pas trop pressés de s'aventurer
dans cette ville inconnue. Et puis, jamais ils n'avaient
senti aussi délicieusement le plaisir d'être chez soi. Ils
n'avaient point vécu jusqu'alors dans leur maison, mais

[1] *Le Caravansérail*, an extremely amusing novel which M. Abel
Hermant published in 1917, describes the life in a big Parisian hotel
during the war.

dans la maison paternelle: au lieu que ces chambres, chambres d'auberge, choisies par eux, n'appartenaient qu'à eux seuls, et enfin ils avaient le droit d'y rester ou d'en sortir à leurs heures, et de s'y enfermer s'il leur plaisait.

5 Ils ne se résignèrent que vers la fin du jour à faire un tour dans les rues. Ils marchaient à pas lents, sinon avec des précautions réelles et voulues, du moins avec des allures de précaution. Ils semblaient aller à la découverte, comme les Robinsons d'autrefois. Le sentiment qu'ils étaient 10 livrés à eux-mêmes et que nul ne les surveillait, au lieu de leur donner de l'assurance, les rendait plus enfants, plus défiants.

Pour ne pas risquer de perdre leur orientation, ils marchaient toujours droit devant eux, ou ils tournaient à angle 15 droit. Ils suivirent le Pollet,[1] où les maisons sont misérables, ils retrouvèrent, dans High Street, une physionomie de leur King Street de Saint-Hélier, mais avec moins de miniature, avec des maisons plus élevées, avec une foule plus réelle. Ils flânèrent aux étalages des maga- 20 sins, où les ingénieuses argenteries de dînettes, fabriquées à Londres, scintillaient derrière les vitres sur des tablettes de glace. Ils ne s'amusèrent pas beaucoup, mais la journée fut courte: le dîner de la table d'hôte était annoncé pour six heures et demie, et ils voulaient se réserver un peu de 25 temps pour faire toilette.[2] Eddy mit une robe de cache- mire d'Écosse gros vert,[3] et Paddy un costume correct, noir.

A six heures et demie, exactement, ils entrèrent dans la

---

[1] Pollet Street is the main street of Saint-Pierre. [2] The omission of *leur* is very important. *Faire leur toilette* would mean simply to wash and dress without any idea of elegance. **Faire toilette** means *to dress up.* [3] **gros vert,** *dark green.* Cf. *gros bleu.* But one never says *gros rouge* or *gros jaune.*

salle à manger. Ils choisirent des places tout au bout d'une
table. Ils osaient à peine s'asseoir. Bien que la salle ne
fût point remarquable par des dimensions ou par une somp-
tuosité excessive, Eddy ouvrait de grands yeux, car elle
n'avait jamais rien vu ni rêvé de pareil. Le luxe et l'ex- 5
trême régularité du couvert l'étonnaient, ainsi que la mul-
titude des fioles contenant des sauces. Tous ces gens qui
étaient là ne disaient rien, et ils étaient si nombreux qu'ils
faisaient beaucoup de bruit sans rien dire: tous les hommes
en noir, les femmes vêtues de toilettes voyantes, avec des 10
manches bouffantes, des choux de dentelle sur les cheveux,
ou même de singuliers bonnets. Les garçons débouchaient
fréquemment des bouteilles de vins mousseux.

On servait, rapidement et par minimes portions, des
mets: entrées, poissons, auxquels personne ne semblait 15
attacher d'importance. Les convives y touchaient à peine,
les découpant du bout de leur couteau, les picorant du
bout de leur fourchette. Puis il y eut un entr'acte assez
long, comme pour la préparation d'un coup de théâtre.
Tous les garçons avaient disparu. Soudain ils reparurent; 20
ils firent, en hâte, le tour de la table, présentant à chacun
des convives une liste des rôtis, et demandant à chacun,
tout bas, quelles étaient ses préférences.

Cette enquête terminée, ils s'éclipsèrent de nouveau, et
reparurent, portant sur de larges assiettes d'immenses 25
tranches saignantes, en de vastes légumiers des légumes
bouillis et pâles. Toutes les mains se tendirent vers les
fioles de sauces. Les liquides rougeâtres ou noirs ruisse-
lèrent sur les émincés écarlates; les pommes de terre
plâtreuses et les choux-fleurs blafards pompèrent comme 30
des papiers buvards avides les extraits d'anchois et les jus
d'épices. Et enfin tous ces gens qui, jusqu'alors, avaient

délicatement picoré, se jetèrent sur leur pâture [1] avec une
furie si prodigieuse, que les deux enfants, à cette vue, se
crurent chez l'ogre. Ils en eurent l'appétit coupé. Et ils
se rappelèrent aussi la table de Plémont, avec les carapaces
5 de homards vidées, avec les tomates crues que des dames
couperosées dévoraient en même temps que leur chester.

Ils sentirent alors, comme le jour de Plémont, la réalité
vivante à l'entour d'eux, et ils la sentirent plus redoutable,
plus indifférente, plus sauvage. Ils s'éloignèrent, ils sor-
10 tirent. Ils firent sur l'esplanade quelques pas lents. Le
crépuscule venait. Les étincelles du câble électrique bril-
laient déjà plus vivement dans la lumière moindre. La
mer était glacée de rose tendre, sous le ciel d'un vert de
jeune pousse.

15 Ils eurent la tentation d'aller jusqu'au bout de la jetée;
mais une foule qu'ils voyaient de loin les effraya. Ils retournèrent dans le Pollet, qui leur parut un coupe-gorge.
Ils poussèrent jusqu'à High Street, et ils y trouvèrent une
cohue qui n'avait point l'air, comme à Saint-Hélier, d'une
20 cohue d'enfants. Troublés et mal à leur aise, ils eurent,
par contraste, un très cher et très doux souvenir de leur
petit home improvisé dans l'annexe de l'Hôtel Royal, et ils
se hâtèrent d'y rentrer, afin d'être seuls ensemble, bien à
l'abri.

25 Les chambres étaient déjà préparées pour la nuit. Eddy
fut obligée de traverser la chambre de Paddy pour pénétrer
dans la sienne. Mais elle ne s'y arrêta pas un instant.
Paddy lui dit (il parlait presque bas, avec une timidité
extraordinaire):

30 — Voulez-vous déjà dormir, Eddy ?

---

[1] Cf. page 37, note 1. In this particular case the word is used in
order to give an impression of bestial greediness.

— Oui, fit-elle, plus bas encore.

— Vous êtes fatiguée ?

— Un peu.

Ils se souhaitèrent une bonne nuit, et leur baiser fut
aussi léger que leurs voix étaient basses.   5

Paddy resta debout tout près de la porte fermée. Il
entendait les pas étouffés d'Eddy sur le tapis. Quand il
n'entendit plus rien, il se coucha. Il tremblait imperceptiblement, il avait conscience d'être bon et d'être heureux.
Il était vraiment content de lui-même. La netteté de son 10
âme, qu'il n'ignorait plus, le ravissait. Il s'éblouissait à
sa propre lumière, et il se baignait, avec une volupté presque
physique, dans son innocence, comme dans une eau mira-
culeusement pure. Il s'endormit en souriant.

Eddy cependant ne pouvait point dormir. Elle avait 15
peur, surtout depuis qu'elle n'entendait plus rien. Il lui
semblait que Paddy était perdu, qu'elle restait véritablement seule. Elle avait peur. Cela étouffait en elle tout
autre sentiment. Elle n'y pouvait plus tenir.[1] En vérité,
elle ne pouvait pas être seule dans la vie. Oh ! seule avec 20
Paddy, oui. Mais toute seule, ainsi . . . Elle se leva. Elle
vint jusqu'à la porte, et sur le tapis ses pieds nus ne firent
aucun bruit.

A travers cette porte — oh ! pourquoi cette porte fermée ? — elle n'entendait rien non plus, pas même le souffle. 25
Elle eut peur, plus affreusement. Paddy était sûrement
parti, ou il était mort. Elle frappa, mais il dormit. Alors
elle ouvrit la porte sans bruit, et sans bruit, pieds nus, elle
marcha jusqu'au lit.

Au pied du lit, elle s'arrêta. Elle voyait distinctement 30
Paddy, dans la nuit claire. Il était adorable à voir dormir.

[1] **Elle n'y pouvait plus tenir,** *She could not stand it any longer.*

Sa candeur resplendissait de lui. Eddy, qui était aussi candide que lui, en eut des larmes dans les yeux. L'or pâle de ses cheveux ne s'éteignait pas tout à fait dans la lumière du jour. Ses beaux cils blonds laissaient à ses 5 yeux, bien que fermés, une lueur d'expression et de vie: c'était son regard nocturne.

La solennité du sommeil est contagieuse comme celle de la mort. Eddy se sentit calme, grave. Elle partit, elle rentra chez elle; seulement elle laissa la porte entr'ou-10 verte.

Mais Paddy, qui ne s'était point réveillé tandis qu'elle se penchait sur lui, se réveilla ensuite, par un effet retardé de sa présence ou de quelque bruit imperceptible qu'elle avait fait. Il se souleva, il s'accouda, et sa première pen-15 sée fut d'appeler: « Eddy ! »

— Je suis là, murmura-t-elle.

Il demanda:

— Pourquoi ne dormez-vous pas ?

— Je ne sais . . .

20 Paddy se leva sans hésitation, traversa les deux chambres et vint jusqu'au lit. Il prit les mains d'Eddy, qui étaient brûlantes.

— Oh ! dit-il, qu'avez-vous ?

Elle répondit avec égarement: « Paddy, j'ai peur. »

25 Oui, elle avait peur de nouveau, mais, cette fois, parce que Paddy était venu.

Elle le regarda avec une si poignante expression qu'il tressaillit. « Mon Dieu ! » fit-il. Elle sentit qu'il avait peur comme elle, et elle se rappela aussitôt les paroles de 30 ce matin: « Avoir peur ensemble. » Sans doute, il se rappela aussi. Ce cher souvenir suffit à les apaiser. Ils sourirent en détournant la tête.

Puis Paddy recouvra son assurance et son autorité.

« Dormez, » dit-il doucement. Elle ferma les yeux pour obéir. Alors il lui scella les paupières d'un baiser, et il se retira dans sa chambre, mais il laissa la porte entr'ouverte . . .

Le lendemain, ils résolurent de se promener en char à bancs, comme ils avaient fait une fois à Jersey. Ils prirent leur premier repas à l'hôtel. Les cars stationnaient devant la porte. On leur assigna justement la même place que le jour de leur promenade à Plémont, sur la première banquette, à la droite du cocher. Ils s'y trouvèrent à l'étroit,[1] et obligés de se tenir par la taille. Surtout, la manivelle du frein gênait Paddy.[2]

Ils regardaient la campagne, épaule contre épaule, joue contre joue, comme jadis ils feuilletaient les albums de Walter Crane. Ils l'avaient pressentie pareille à la campagne de Jersey, et ils furent surpris de la trouver tout autre, âpre, brutalement accidentée, aussi luxuriante et pourtant mettant plus volontiers à nu son granit. Les vallées vertes avaient des aspects de précipices. Les routes en corniche et en lacet[3] osaient des pentes vertigineuses. Le cocher du car y lançait avec insouciance ses quatre chevaux, et, agenouillé sur son siège, retourné vers ses voyageurs auxquels il expliquait le paysage, il conduisait de sa main gauche qu'il tenait derrière son dos, tandis que sa main droite, libre, faisait des gestes.

Les côtes étaient aussi plus profondément découpées. La mer apparaissait à tout instant, encadrée en hauteur par des rochers mornes qui évoquaient le souvenir des mo-

---

[1] **Ils s'y trouvèrent à l'étroit,** *They found themselves cramped for room.* [2] **gênait Paddy,** *was in Paddy's way.* [3] **en lacet,** *with hairpin turns.*

numents druidiques. Des lambeaux du brouillard d'hier
restaient accrochés aux aspérités des entonnoirs. Des
nuages blancs et bas, en frottant la pointe des aiguilles,
s'y déchiquetaient en charpie. Les grèves semblaient
5 impraticables et désertes. Tous les bruits de la nature
inorganique se mêlaient dans une harmonie confuse, mais il
y manquait un bruit vivant, un son de voix. Et c'est bien
ici que les deux enfants auraient pu se croire les Robinsons
d'une terre inhabitée, d'une île inconnue.

10 Mais leurs âmes étaient loin maintenant de ces puériles
idées. Ils n'avaient voulu voyager que pour s'évader de
leur paradis d'enfants et pour s'évader de leur enfance.
Depuis des semaines ils avaient erré sur les plages de la
mer comme des voyageurs qui attendent, enfin ils étaient
15 partis, et maintenant ils sentaient qu'ils allaient arriver
au but. En se promenant à la crête des falaises et au bord
des précipices, ils sentaient proche l'éclaircissement du
mystère et la révélation de leur destinée.

Vers deux heures, le programme de l'excursion annonçait
20 une halte assez longue. Les touristes s'inquiétèrent d'abord
de luncher; mais Eddy et Paddy, qui n'avaient aucun appétit, s'en allèrent à l'écart, et ils se retrouvèrent absolument seuls.

Ils suivirent, entre deux abruptes collines, un sentier
25 tortueux qui se jouait et qui se croisait avec un ruisseau
non moins tortueux, caché sous de hautes herbes. De
grandes fleurs mauves, au bout de tiges rigides, se dressaient
jusqu'à la taille d'Eddy, et des abeilles bourdonnaient continuellement.

30 Mais bientôt l'herbe devint rare, et le rocher devint nu.
La route fut malaisée, elle côtoyait un gouffre; elle faisait
des détours qui masquaient la vue du côté de la campagne:

du côté de la mer on ne découvrait rien, à cause du brouillard blanc, mais on entendait dans ces profondeurs des
froissements et des brisements de lames sur un rythme de
tourbillon. Eddy eut le sentiment d'être très haut, bien
au-dessus des nuages, et ce fut l'illusion d'une assomption. 5
Elle reposa sa tête sur l'épaule de Paddy: il lui sembla que
leurs pieds ailés ne pesaient plus sur la terre, et que l'on
s'envolait ensemble.

Cependant des souffles lents dispersaient peu à peu cette
brume, ne la déchirant point: l'éclaircissant, de sorte qu'elle 10
semblait plutôt dissipée par une lumière que chassée par un
souffle. Bientôt l'azur mystérieux de l'eau transparut,
voilé de tulles à peine. Et ils distinguèrent enfin, à une
profondeur inappréciable, l'onde étrange qui tournoyait,
ourlée d'un rien d'écume. A mi-chemin entre le fond de 15
l'abîme et le sommet glorieux où ils étaient placés, des
mouettes voltigeaient autour de leurs nids dissimulés, et
répétaient symétriquement le mouvement circulaire des
vagues. Tout cela n'était point de la terre. On eût dit un
séjour réservé pour les âmes après la mort. Ils le sentirent, 20
sans le définir. Ils ne comprirent pas encore que la mort
est la seule fin de l'amour: ils ne savaient pas même s'ils
aimaient; mais ils entrèrent en contact avec l'idée de la
mort et ils en éprouvèrent la séduction.

Le soir, quand ils se retrouvèrent seuls dans leurs cham- 25
bres mitoyennes, ils ne furent plus effrayés ni troublés
aucunement. Touchés par la mort, ils n'appartenaient
plus à la réalité des choses, toute réalité leur devenait
étrangère. Ils se dirent adieu de loin, et ils s'endormirent
comme on meurt. 30

Au réveil, cet appartement que d'abord ils avaient tant
aimé, ce home improvisé leur sembla tout d'un coup dénué

de charme. Ils s'aperçurent qu'ils étaient à l'auberge. Ils
se hâtèrent et sortirent de meilleure heure; mais ils n'avaient
aucune envie de se promener aujourd'hui en char à bancs.
Pourquoi revoir d'autres paysages, tel ou tel site ? Ils
5 connaissaient l'aspect essentiel et la signification de l'île.
Alors Eddy s'écria: « Paddy, nous allons chercher une
maison pour nous, cela sera très amusant. »

Ils déjeunèrent comme des gens pressés. Puis ils partirent vers le nord, le long de l'esplanade; mais, voyant
10 qu'ils allaient trop s'écarter de Saint-Pierre, ils prirent une
route qui, à gauche, remontait vers les quartiers hauts de
la ville. Ils marchèrent longtemps entre deux murs de
jardins, et la route faisait de tels circuits que tantôt elle
les ramenait au milieu de quartiers habités, tantôt elle les
15 rejetait en pleine campagne.

Enfin ils se trouvèrent à l'extrémité d'une avenue, qu'une
colline élevée mettait à part de la ville. Des cottages
étroits, pressés les uns contre les autres, bordaient cette
avenue. Le dernier cottage était inachevé, et, plus loin,
20 on faisait encore des fouilles dans les terrains vagues.

— Voici notre maison, dit sérieusement Eddy, en dési-
gnant celle où des ouvriers travaillaient encore.

— Elle me plaît, répondit Paddy.

Ils ouvrirent la grille basse, traversèrent la toute petite
25 cour cimentée, au centre de laquelle se dressait un arbuste
nain dans une corbeille bordée de fragments de tuiles; et,
s'approchant de l'unique window, ils virent, collée aux
vitres, une pancarte qui portait ces mots:

THIS HOUSE TO BE SOLD.

30 Un peintre s'étant montré à la fenêtre, ils lui demandèrent la permission de visiter la maison. Elle contenait

autant de chambres que le cottage d'Almorah; mais les pièces de chaque étage, au lieu d'être distribuées à droite et à gauche du corridor, étaient placées du même côté, et s'éclairaient, l'une sur la route, l'autre sur un jardin.

Ils demandèrent ensuite le nom du propriétaire, qui était un certain John Mac-Mahon, entrepreneur, demeurant rue Vauvert. Le peintre ne put leur indiquer le numéro, mais affirma qu'ils reconnaîtraient sans peine le logis de Mac-Mahon, à cause d'un gros arbre qui était placé devant.

— Où allons-nous maintenant ? dit Eddy.

— Eh bien ! repartit Paddy, chez Mac-Mahon.

Ils n'eurent point de peine à trouver la rue Vauvert, une interminable rue en pente raide, qui fait de grands circuits. Ils ne songèrent plus au gros arbre qui marquait la demeure de John Mac-Mahon, mais, supposant que cet homme devait être fort riche pour posséder un aussi charmant cottage, ils s'arrêtèrent sans hésiter devant une propriété magnifique, et sonnèrent à la porte du jardin.

John Mac-Mahon ne demeurait pas ici, et même on ne le connaissait pas. On ne le connaissait pas davantage dans la maison voisine; mais la servante qui leur ouvrit cette fois, leur montrant à quelques pas une vieille femme qui poussait une voiture chargée de linge, leur dit: « Peut-être la blanchisseuse du quartier le connaîtra. » En effet. Et ils apprirent par cette vieille que le propriétaire demeurait au numéro 20.

Ce n'était pas une magnifique villa, mais une boutique fort peu spacieuse et encombrée d'un comptoir où s'entassaient des couronnes de perles, des couronnes de fleurs artificielles avec des inscriptions:

IN LOVING MEMORY

Ou bien:

O DEAR, DEAR FATHER !...
REQUIESCAT IN PACE.[1]

Puis des cartes encadrées de noir:

5   *With family's kind regards.*

Et des prospectus:

JOHN MᶜMAHON
General Undertaker,
20, Vauvert Road, 20

10   GUERNSEY

FUNERAL REQUISITES, FUNERAL CARRIAGES,
AND HEARSES, etc.

John Mac-Mahon était entrepreneur des pompes funèbres !

15 Eddy et Paddy ne trouvèrent aucune personne vivante
dans cette boutique, et ils restèrent longtemps seuls. Enfin, la porte vitrée s'ouvrit, un petit bonhomme entra, qui
pouvait bien avoir trois ans: il était tout déguenillé, il les
dévisagea un instant avec attention, puis se mit à jouer
20 parmi les emblèmes.

— Petit garçon, lui dit Eddy, où est John Mac-Mahon ?

— Papa ! cria l'enfant, avec un sourire niais.

On ne put tirer de lui aucun renseignement. Mais
John Mac-Mahon fit son entrée. C'était un gros homme,
25 haut en couleur,[2] et véritable type du paysan de Normandie.

Paddy, imperturbable, lui exposa qu'il désirait faire l'ac-
quisition d'une maison à Guernesey, qu'il avait vu, Stanley

---

[1] **Requiescat in pace,** *Rest in peace.* [2] **haut en couleur,** *with a florid
complexion.*

Road, un cottage à sa convenance, que ce cottage, rensei-
gnements pris, était la propriété de Mac-Mahon.

— Cela est exact, répondit l'entrepreneur des pompes
funèbres.

— Veuillez, dit Paddy, m'en faire connaître le prix.   5

Mac-Mahon annonça une mise à prix de cinq cents livres,
et Paddy fit un haut-le-corps, comme si cette prétention
le choquait un peu.   Il reprit:

— Cinq cents livres sterling ?

— Cinq cents livres tournois.[1]   10

— Et la livre tournois est de ? . . .

— Vingt-quatre francs.

Paddy calcula à voix basse:

— Cela, déclara-t-il ensuite, fait deux mille quatre cents
dollars, ou douze mille francs.   Est-ce bien votre dernier   15
prix ?

— Oui, affirma Mac-Mahon.

Eddy tira Paddy par la manche.   Il fallait trouver un
prétexte pour rompre ces fictives négociations.

— Quelles sont, dit Paddy, les charges annuelles ?   20

Il parut effaré d'apprendre que l'acquéreur aurait à
payer trois louis par an pour les droits féodaux.

Puis il avoua:

— J'aurais peine à débourser d'un seul coup deux mille
quatre cents dollars.   25

Mais John Mac-Mahon proposa des délais, et c'était à
ne plus savoir comment [2] se débarrasser d'un propriétaire
aussi accommodant.

[1] Money coined at Tours up to the thirteenth century. The
name was used later for royal coins of the same type.   [2] **c'était à
ne plus savoir comment,** *they had reached the point of no longer know-
ing how.*

Paddy eut une inspiration:

— Avant de conclure, dit-il, je veux visiter de nouveau le cottage.

Il sortit avec Eddy, précipitamment.

5 — Voulez-vous, lui demanda-t-il, aller revoir encore cette jolie maison ?

— Mais oui,[1] fit-elle.

Elle ajouta:

— Nous y resterons un peu longtemps, et alors nous
10 pourrons nous imaginer que le cottage nous appartient.

Ils retrouvèrent sans difficulté le chemin. Ils arrivèrent à la maison, y entrèrent comme chez eux. Les ouvriers les reconnurent et leur donnèrent la permission d'aller et venir.

15 Quand ils visitèrent les chambres où il n'y avait aucun meuble, ils eurent un sentiment de tristesse et ils se rappelèrent les choses funèbres qu'ils avaient vues. Ils décidèrent où ils placeraient les fauteuils et les lits, mais ce jeu les attrista davantage. Cette maison leur convenait si
20 bien que, vraiment, ils avaient des droits sur elle, et pourtant ils allaient la quitter pour ne la revoir jamais.

Ils ne voulurent pas rester dans les chambres, trop émus de les voir démeublées, mais ils ne voulaient pas non plus sortir de la maison. Alors, ils montèrent au dernier étage.
25 Là-haut, sur le toit, il y avait une lanterne de verre polygonale, comme au cottage d'Almorah. Ils y montèrent, comme le jour où ils avaient violé le mystère des nuages et surpris les secrets de la tempête. Mais, aujourd'hui, l'atmosphère était sereine, et ils virent une immensité
30 splendide. Ils planaient au-dessus de la ville en amphithéâtre. Les maisons, les rochers mêmes et les collines

---

[1] **Mais oui,** *Why, certainly.*

s'écrasaient à leurs pieds, les hauteurs perdaient leur relief
et les vastes plaines leur étendue; le territoire de l'homme,
ses œuvres et tous les accessoires de sa vie semblaient peu
de chose. La mer et le ciel seuls apparaissaient dans leur
grandeur véritable, et réduisaient le reste à néant par le 5
contraste de leur infini.

Et debout l'un contre l'autre, se tenant embrassés, mais
ne se donnant point des caresses matérielles, dans une mi-
raculeuse insensibilité, ils regardaient, vers l'horizon, au
delà . . . Et Eddy murmura, de la même voix que sur le 10
bateau, quand ils avaient eu peur ensemble:

— Oh ! Paddy . . . Paddy . . . Mourir ensemble . . .

VI

Ils redescendirent sur la terre, ils rentrèrent dans la vie
et dans la réalité. Et pourtant Eddy avait prononcé les
paroles de délivrance. La voix qui parlait en elle quelque- 15
fois avait dit tout haut, mais en vain, que le sacrement de
l'amour, c'est la mort: Eddy avait senti la nécessité de
mourir, et elle acceptait l'erreur de vivre.

Son amour, auquel jusqu'alors elle n'avait point donné
ce nom, venait de s'exalter tout d'un coup jusqu'à une 20
dignité suprême que l'amour humain ne dépasse plus, et,
du même coup, la fin de l'amour, qui est la mort, lui avait
été révélée. En acceptant l'erreur de vivre après cette révélation, pour quelle sinistre décadence, pour quelle agonie
lamentable réservait-elle cet amour qui ne pouvait s'épa- 25
nouir que dans la mort ? Eddy ne savait point, mais sa
conscience, en effet, l'avertissait d'une décadence inaugurée

à cette minute même, d'une agonie qui allait traîner jusqu'au jour où Paddy s'éloignerait d'elle décidément pour
retourner aux aventures. Car un jour, fatalement, cette
catastrophe arriverait, et c'est à partir de la minute pré-
5 sente qu'Eddy commença de l'attendre en y pensant toujours, comme une exécution à date fixe.

Elle regarda Paddy. Elle vit alors combien il était dissemblable d'elle-même. Elle comprit qu'il ne souhaitait
pas la mort; il aimait vivre, lui, le fier jeune homme, ivre
10 de sa force et de sa puberté, le blond héros venu par les
voies de la mer du côté où l'aurore en jaillit chaque matin,
pour séduire en l'éblouissant de lumière la jeune fille que
son teint pâle et ses cheveux noirs semblaient consacrer à
la nuit. Et elle comprit que ces dissemblances iraient s'ac-
15 cusant de jour en jour avec plus de cruauté jusqu'au jour
où ils se quitteraient pour vivre, puisque la grâce de mourir
ensemble ne leur était pas accordée.

Dès lors, sa vie, qui n'était faite que d'enchantement, se
désenchanta.

20 Le soir, au moment de se mettre au lit, elle eut pour la
première fois des pudeurs qui n'étaient plus celles d'une
enfant. Un instinct nouveau, un instinct triste, l'avertit
qu'elle n'était pas un ange, mais une femme, et la porte,
ce soir, demeura fermée entre les deux chambres.

25 Le lendemain, on devait partir de très bonne heure pour
Saint-Hélier. Mais lorsque Paddy, comme autrefois pour
les réveils au petit jour, entra sans façon dans la chambre
où il croyait Eddy endormie, il la trouva debout, toute
prête.

30 Il fallut déjeuner vite, courir au quai. Hélas ! où était le
joli yacht blanc qui les avait amenés sur ce rivage, parmi
les brouillards ! Oh ! ce n'est pas sur ce lourd et solide

paquebot que l'on pouvait avoir peur ensemble. Il n'y avait pas non plus de brouillards, et la mer, aujourd'hui dépouillée de ses voiles et de son mystère, ne s'agitait pas en houles vaines autour de la puissante machine ...

Au moment où les matelots allaient retirer la passerelle, 5 un gros homme à l'air fou, avec des lunettes, accourut. Il avait un plaid [1] jeté sur l'épaule, et une valise à chaque main. Ses deux colis s'accrochèrent à la rampe. On le délivra, on le bouscula: il était l'heure. L'homme donna les signes du plus véhément désespoir. Sa femme qui n'ar- 10 rivait pas ! Elle s'attardait au bureau, où elle prenait les billets de passage. Il tourna sa grosse tête dans cette direction, et cria de toutes ses forces:

— Laï-a !... Laï-a !...

Tous les passagers se précipitèrent vers la coupée. [2] On 15 éclata de rire à la vue de cet énergumène. On lui lança des quolibets [3] que, dans son affolement, il n'entendait point. Il criait toujours: « Laï-a, Laïa !...» On criait avec lui. Lia parut enfin.

C'était une de ces prodigieuses caricatures de femmes, 20 comme en invente l'humour des caricaturistes anglais: longue, maigre, tout en noir, affublée d'une robe compliquée, avec trop d'étoffe qui pendait en plis lamentables le long de son ossature. Ses manches couvraient ses mains jusqu'à la première phalange de ses doigts crochus, dont 25 chacun retenait un petit paquet mal ficelé. Ses lèvres, entr'ouvertes comme pour un cri d'épouvante qui ne sortait

[1] This word has become a part of the French language and follows the usual rules of pronunciation. [2] Top of the gangplank. Exactly the part in the railing which is taken off in order to fasten the gangplank to the boat. [3] **On lui lança des quolibets,** *They shouted jokes at him.*

pas, révélaient un menaçant râtelier. Des boucles follettes,[1] échappées de son chapeau rond et de ses turbans de
crêpe, encadraient mignardement son visage de morte, où
les yeux étaient remplacés par des lunettes à verres ronds
5 et noirs.

A l'apparition de ce spectre, la joie de la foule devint
féroce. On poussa des « hurrah ! », des « Lia for ever ! »
Elle vint s'abattre toute haletante sur le monceau de ses
colis écroulés, et dès que le bateau se mit en mouvement
10 elle commença d'avoir le mal de mer, en même temps d'ailleurs que son caricatural époux.

Oh ! quels francs éclats de rire Eddy aurait poussés hier
encore, mise en joie par cet intermède ! Avec quelle mutinerie garçonnière elle eût joint ses « hurrahs » ironiques
15 à ceux de Paddy, en se penchant avec lui pour mieux voir,
en se retenant de la main à son épaule ou à sa taille ! —
quel lointain sourire aujourd'hui !

Le paquebot doubla la jetée. Malgré l'heure matinale,
des centaines de curieux s'y pressaient, des mouchoirs
20 s'agitèrent, de bruyants adieux saluèrent ces voyageurs en
partance, comme s'ils entreprenaient une longue et dan-
gereuse traversée. Pour Eddy seule il s'agissait d'un important voyage: ce navire la rapatriait après une tentative
d'évasion manquée, et, en débarquant à la jetée Victoria,
25 elle éprouvait un sentiment bizarre fait de plus de honte
que de chagrin.

Ce retour fut dramatisé par les cris de la bonne Mme
Glategny, peu accoutumée à de telles surprises. Mais,
quand elle eut fini de s'étonner, la vie habituelle recom-

---

[1] **boucles follettes,** *fluttering curls* (slightly ironical). *Follet*
is used only in a very few cases: *poil follet, duvet follet,* and also in *feu
follet* (will-o'-the-wisp).

mença — en apparence du moins: car Eddy n'était plus
la même.

Elle ne songeait vraiment plus à autre chose qu'à l'inévitable dénouement de la séparation, et elle avait commencé de l'attendre, quoique nul signe encore ne présageât 5
rien de tel. Mais elle gardait au fond d'elle ce souci dé-
vorant, et elle ne trahissait point sa douleur injustifiée.
Cela ne l'empêchait point d'être soumise, non sans plaisir,
à tous les caprices de Paddy, et l'adolescent devenait un
homme, mûri par l'été ardent, alangui par l'oisiveté. Ils 10
se promenèrent ensemble, point comme les enfants d'autrefois, mais comme ces amis moins naïfs rencontrés un jour
à Montorgueil, et ils connurent des baisers pareils à celui
qui les avait fait pâlir. Ils ne se permettaient rien de plus
que n'autorisent les usages étrangement hardis du flirt en 15
ces pays. Ils ne faisaient rien de mal, et surtout rien de
caché. Mais ils n'ignoraient plus le nom que donnent les
hommes au sentiment qui les agitait. Ils aimaient comme
il est commun d'aimer, et, malgré la douceur de cet amour,
Eddy regrettait la divine passion qui un jour l'avait exaltée 20
jusqu'à dire:

— Oh ! Paddy, Paddy, mourir ensemble.

Lorsque revint l'octobre avec ses pluies fines, ses buées,
elle ne voulut point, comme l'an dernier, participer au
mystère de l'automne, qui, l'an dernier, l'avait initiée lente- 25
ment, comme un prélude, au mystère de la mort, qui, cette
année, ne lui en pourrait plus sembler qu'une expression
affaiblie. Et, frileuse, elle désira, plus tôt qu'il n'était né-
cessaire, se confiner dans le home.

Mais, hélas ! le home, qui naguère n'était que la plus in- 30
time retraite du paradis enfantin, changeait maintenant de
destination symbolique: il représentait les vulgarités et le

terre à terre de la vie matérielle, en contraste avec l'idéal
perdu d'éternité, d'infini, de mort. Et lorsque Eddy, pen-
sive, s'asseyait sur le meuble de coin formant étagère et
divan, elle prenait l'attitude de l'attente et de la résigna-
5 tion. Elle attendait, comptant les heures, le jour où Paddy
la quitterait, pour toujours.

Jamais deux cœurs unis d'amour ne furent à ce point
discordants. Paddy goûtait les joies présentes et se refusait à souffrir par anticipation des fatalités à venir. Aussi
10 chérissait-il le home qui restreignait l'intimité; il jouissait
de ce corps à corps continuel, quotidien. Il savait pourtant,
lui, positivement, par des lettres de son père, qu'il ne lisait
plus tout haut, ce qu'Eddy ne pouvait connaître que par
un pressentiment. Il savait que cette année serait la der-
15 nière. Il n'en avait que plus d'ardeur à profiter de l'occasion fugitive. Pour Eddy, ce qui un jour devait finir
dès à présent ne comptait plus.

Une plus exquise torture venait raffiner encore le supplice d'Eddy. Tandis que Paddy, moins ignorant à cette
20 heure, mais toujours aussi pur, et fort d'une sorte de
loyauté physique, n'était alarmé d'aucun scrupule, elle, se
sentant déchue de la mort qui comporte l'absolution de
tout péché, redoutait les embûches de la vie.

Elle voyait clairement son avenir et son devoir, et elle
25 craignait d'y manquer,[1] les jours surtout où, par hasard,
Richard Le Bouët venait ici et se rencontrait avec Paddy.
Richard était arrivé à l'âge d'homme, il était même plus
âgé que Paddy. Mais il réservait le secret de son cœur —
non par discrétion: par sécurité. Eddy ne songeait pas
30 plus à décourager la certitude de celui qui l'espérait en si-

---

[1] **elle craignait d'y manquer,** *she was afraid of failing in her duty.*

lence qu'à repousser les caresses vaines de celui qu'elle
n'espérait point.

Ce qu'elle souffrit est inexprimable, d'autant qu'elle ne
se soulageait par aucun aveu, et qu'en apparence sa souffrance était déraisonnable. Combien d'amants l'eussent 5
enviée ! Elle aimait passionnément, elle était aimée de
même. Rien ne contrariait son amour, elle était miracu-
leusement libre: avec cela chacune de ses joies servait
d'aliment à sa douleur sourde, parce qu'elle pensait toujours à l'échéance de la séparation,[1] et qu'elle ne pensait 10
pas à autre chose.

Ses angoisses devinrent plus affreuses à l'approche du
printemps: elle prévoyait chez Paddy une explosion d'a-
mour trop humain, des caresses plus exigeantes, et que l'on
s'en irait ensemble côtoyant les bords de la mer, dont la 15
voix les appellerait, dont ils n'entendraient plus la voix.
Elle eut le triste plaisir d'être démentie par l'événement.
Paddy au contraire se rembrunit aux premiers beaux jours.
Un nuage de mélancolie voila son visage trop radieux, il
oubliait parfois de caresser Eddy: en sa muette préoccu- 20
pation comptait-il donc les jours comme elle ? Elle voulut
le croire, et que leurs âmes, trop longtemps diverses, se re-
mettaient enfin à l'unisson.

Un jour, il parla. Il avait reçu de son père une lettre
décisive. Ses études étaient terminées, sa majorité ap- 25
prochait. Après avoir largement suffi à ses besoins et
même à ses caprices, Justin Higginson allait lui couper les
vivres et le livrer à ses propres ressources.[2] Au commence-

---

[1] l'échéance de la séparation, *the moment of the separation.*
[2] Après ... ressources, *After having amply provided for his needs
and even for his whims, Justin Higginson was going to cut off his
allowance and throw him on his own resources.*

ment de l'été, le yacht l'*Ontario* viendrait le prendre à
Jersey, l'emmènerait en Amérique, et alors Paddy devait
entrer dans la vie.

Pour la première fois il se résignait moins facilement à
5 sa destinée. Il aurait quitté sans regret n'importe quel
pays de la terre, mais celui-ci était son paradis terrestre, et
cette femme était celle qu'il aimait. Au seuil du paradis
demain perdu, il ne put, malgré son orgueil et sa virilité,
se défendre d'une défaillance. Il pleura et il redevint, par
10 la vertu angélique des larmes, l'enfant que depuis des mois
il n'était plus. Eddy éclata en sanglots. Ils mêlèrent leur
douleur dans un baiser qui fut la résurrection de leur innocence, ils se manifestèrent l'un à l'autre divinement puérils
et beaux.

15 Eddy murmura: « Je le savais. »
— C'est la vie, dit-il.
Les yeux d'Eddy, lourds de larmes, étincelèrent.
« Vivre . . . » dit-elle avec accablement. Et ils gardèrent
le silence très longtemps.

20 Puis Eddy demanda: « Combien de jours encore ? »
Il ne restait plus que trente jours, exactement. Alors
elle voulut, au cours de ce dernier mois, revivre tout l'a-
mour passé, et Paddy le voulut aussi. Ils songèrent d'abord
à revisiter l'île entière, mais ils étaient las, et surtout avares
25 du peu de temps qui leur restait.[1] Une même idée leur
vint: ils se rappelèrent la retraite de Saint-Aubin, où jadis
Mme Collins et Mme Glategny les emmenaient se baigner,
cette grotte à ciel ouvert environnée de rocs symétriques,
asile providentiel de l'innocence et de la fragilité nue, qui
30 était restée pour leurs imaginations le symbole du paradis

---

[1] **avares du peu de temps qui leur restait,** *avidly hoarding the
little time which was left to them.*

terrestre enfantin. Ils résolurent d'y aller tous les jours
et d'y passer le plus d'heures qu'ils pourraient.

Au bord de cette eau limpide ils s'asseyaient sur le granit
que les marées successives avaient si parfaitement poli. Ils
ne disaient rien. Ils ne se plaignaient point. Ils se te- 5
naient seulement embrassés, mais non pour se caresser:
pour se défendre. Ils ne se donnaient point de baisers,
mais ils tenaient toujours leurs joues l'une contre l'autre
appuyées, et cela était comme une continuelle et délicate
possession: cette possession par effleurement qui suffit aux 10
sensualités enfantines. Parfois ils se mettaient à pleurer,
et jamais ils ne demandaient: « Pourquoi pleurez-vous ? »

Qu'elle était transparente et pure, cette eau sans couleur,
endormie dans sa vasque de marbre noir ! Qu'elle était
rafraîchissante et désirable ! A l'époque récente encore où, 15
pour tromper des inquiétudes qu'ils ne comprenaient point,
ils osaient revivre, adolescents, des scènes de leur plus
naïve enfance, ils n'auraient point manqué de retremper
leur énervement dans cette onde salée, d'éteindre leur fièvre
dans cette source de fraîcheur. Hélas ! ils n'osaient plus. 20
Ce n'est qu'en apparence qu'ils étaient redevenus des enfants. Mais ils cherchaient à imaginer quelque simulacre,
quelque geste pour signifier ce lointain souvenir, et pour se
procurer un instant l'hallucination d'autrefois.

Un jour, presque le dernier jour, Eddy eut une inspira- 25
tion charmante. Elle feignit de vouloir, par une fantaisie
de jeu, traverser à gué le bassin. Elle releva sa robe trop
longue, l'épingla, mit ses pieds nus, et aussitôt, rougissante,
les plongea dans l'eau comme afin de les cacher. Mais
l'eau était si transparente que Paddy les voyait toujours 30
aussi bien: et il s'attendrissait de les voir, car ils étaient
en vérité pareils à ceux d'une enfant. « Eddy, dit-il en

souriant, qu'ils sont beaux, les pieds de ces hommes ! » Ils
fondirent en larmes tous les deux.

Ce furent les dernières larmes. Ensuite, l'agonie commença. Ils ne firent plus qu'attendre, dans l'insensibilité.
5 Le dernier jour vint. Le blanc navire entra dans le port.
Puis toutes les choses qu'Eddy avait prévues se réalisèrent:
le va-et-vient, l'affairement, le bruit des pas dans l'escalier,
les portes ouvertes des armoires, les malles où elle voulut
ranger elle-même du linge et des vêtements qu'elle ne ver-
10 rait plus; et la dernière promenade en se tenant par la
main; et le dernier baiser pareil au baiser de tous les matins et de tous les soirs; la manœuvre interminable pour
lever l'ancre; l'espoir de la grâce jusqu'à la minute de l'exécution; et l'évanouissement du blanc navire suivi des yeux
15 jusqu'à l'horizon; le retour solitaire au cottage d'Almorah,
où la chambre de Paddy — la jolie chambre aux meubles
de frêne tourné — aux cretonnes imprégnées du parfum de
son tabac de Virginie et aussi de cette lavande qu'il aimait
— la chambre au lit de cuivre sanctifié par tant de som-
20 meils innocents — était vide — à jamais.

VII

Mais Eddy avait pressenti que cette chambre vide aurait
l'aspect d'une chambre mortuaire: et elle fut surprise,
choquée, de n'y trouver, dans le désarroi, dans l'irrespectueux désordre des meubles, qu'un témoignage de vie in-
25 tense, presque des symptômes d'allégresse. Alors elle se
rappela que ce divorce était l'affirmation même de la vie,
l'immédiate conséquence du vouloir vivre, de l'erreur de

vivre. Elle se rappela que Paddy, plus qu'elle encore, était coupable de cette erreur; elle se rappela la discordance de leurs âmes, épreuve continue, plus subtilement cruelle que l'épreuve de la séparation. Et elle eut un accès de colère qui sécha dans ses yeux toute velléité de larmes.

Il vivait donc, l'aventurier, l'amant venu par les voies de la mer du côté où le soleil se lève, parti par les voies de la mer du côté où le soleil se couche ! Son ingrate volonté voulait vivre ! — Et elle était obligée de vivre aussi, l'amante consacrée à la nuit, qui rêvait de se destiner à la mort. Elle avait failli à cette destinée. Elle avait renié sa foi pour se convertir à la religion de lumière dont cet inconnu était le prêtre radieux. Et maintenant il lui fallait vivre ! Elle quitta cette chambre pour n'y plus rentrer.

Dans le salon où les meubles étaient laqués de blanc et les tentures fleuries de chrysanthèmes, elle trouva sa mère. La bonne Mme Glategny pleurait. Le départ de Mme Collins et de Paddy était pour elle un insupportable déchirement. Elle espérait trouver dans le cœur de sa fille un écho à sa douleur un peu bruyante. Eddy, contre son attente, se montra raisonneuse et froide. « C'est la vie, » dit-elle. Cette parole était la plus ironique, la plus amère expression de sa révolte; mais Mme Glategny n'y put voir qu'un monstrueux aveu de résignation et d'indifférence. « Oh ! s'écria l'excellente femme, vous n'avez pas de cœur ! » Eddy sourit. Elles furent brouillées jusqu'au soir.[1] Ensuite elles s'embrassèrent sans rien dire. Richard Le Bouët vint les voir à l'heure du dîner.

Quinze jours plus tard, Eddy reçut une première lettre, datée de New-York. Elle n'avait pas attendu cette lettre

---

[1] **Elles furent brouillées jusqu'au soir,** *They were enemies until evening.*

avec impatience, elle n'eut pas d'émotion très vive en la
recevant.   Elle jeta sur l'enveloppe un regard presque hostile.   Ce papier, cette écriture, lui démontraient surtout
que Paddy vivait.   Elle était vaguement surprise d'en re-
5 cevoir une confirmation matérielle.

Le délit apparut plus flagrant encore à la lecture de cette
lettre.   Comme tous ceux qui écrivent trop naïvement,
Paddy n'y montrait que l'essentiel de son cœur et de son
caractère, sans les mille nuances que l'on découvrait à pre-
10 mière vue quand on lui parlait directement.   Et, comme
Paddy avant tout était une nature vivante, les sentiments
qu'il manifestait témoignaient d'abord sa vitalité.   Aimer,
se souvenir, pleurer, pour lui c'était d'abord vivre: le désespoir même n'était qu'un mode plus accidentel de son
15 activité effrénée.   Il n'avait plus, pour envelopper cette
blessante exubérance, les sous-entendus et les gestes.
Presque toutes les choses délicates qui avaient composé
cette passion s'étaient accomplies dans le silence.   Ce que
la voix n'osait point dire, comment la plume, la plume
20 inhabile et brutale, l'eût-elle écrit ?   Aussi, lorsque Paddy
tentait de laisser voir sa tendresse, il ne montrait qu'un
cœur gêné, que la timidité glaçait.

Eddy pourtant réussit mieux, dans sa réponse, à exprimer l'ineffable.   Un souffle du mystère ancien passa dans
25 son étrange lettre.   Ses phrases naïves et sèches eurent la
grâce empruntée des gestes rares qu'elle faisait; et elle sut
évoquer, par la confusion de ses pensées vagues, le souvenir
du brouillard où naguère on avait eu peur ensemble.   Elle
fut véritablement heureuse d'avoir écrit cette lettre.   Mais
30 elle eut la fâcheuse idée de la relire après avoir relu celle
de Paddy, et la discordance lui fit mal.   Puis elle raffina,[1]

---

[1] **elle raffina,** *she became more subtle in her analysis.*

elle voulut trouver dans sa lettre même, comme dans celle
de son ami absent, des marques d'une vitalité indiscrète.
Il lui sembla qu'elle criait trop haut ses regrets, ses plaintes:
car pourquoi se plaignait-elle aujourd'hui, elle qui avait
agonisé près d'un an sans se trahir, elle qui avait dit adieu 5
à Paddy sans laisser échapper un cri ? Ah ! elle était aussi
coupable que lui, elle partageait avec lui l'erreur de vivre !
Elle faillit brûler les deux lettres, cela lui aurait fait du
bien [1]: tout ce qui figurait l'anéantissement lui faisait du
bien.   10

Mais jusque dans [2] ces régions de la sentimentalité trans-
cendante, elle ne pouvait point se défaire d'une certaine
sentimentalité pratique. Elle se représenta l'inquiétude et
le chagrin de Paddy s'il ne recevait point de réponse. Elle
voulut croire, bien qu'elle n'eût pas attendu cette première 15
lettre avec tant d'impatience, qu'elle-même eût été inquiète et ulcérée si Paddy ne lui avait écrit. Une image
plus riante de leur tendresse lui vint. Elle relut les pages
de Paddy avec un ravissement imprévu. Elle y retrouva
le soleil qui l'avait séduite. Certes Paddy était loin, certes 20
une honte inexplicable l'empêchait de montrer tout son
cœur et de faire éclater sa tendresse. Elle éclatait quand
même et Eddy en recevait par surprise le rayonnement,
comme le jour où debout sur un roc lointain, au milieu de
la mer calme, glauque, par places tachée de violet et de 25
vert-de-gris, son amant pudique s'était révélé à elle vêtu
de lumière seulement.

Mais ces souvenirs aussitôt simplifièrent sa douleur et
la reconduisirent aux conditions de l'humanité. Elle ne
comprenait plus qu'une chose, c'est qu'elle ne pouvait vivre 30

---

[1] **cela lui aurait fait du bien,** *she would have felt better.*   [2] **jusque
dans,** *even in.*

sans Paddy, et que Paddy n'était plus là. Ne plus voir, ne
plus toucher ce que l'on aime, c'est une peine corporelle,
et la plus atroce de toutes. Les yeux et les lèvres ont faim
comme d'autres organes. On ne les prive pas impuné-
5 ment. Eddy sentit qu'elle allait mourir d'inanition. L'hor-
reur et la longueur du supplice l'épouvantèrent, mais
l'espoir du dénouement la rasséréna, et elle sourit comme
une martyre.

La rapidité de sa consumption fut prodigieuse. Ses
10 yeux variables, qui n'avaient point de couleur propre [1] et
se nuançaient au gré des choses qu'ils regardaient, prirent
les premiers le deuil de sa mort prochaine, et s'obscurcirent
de ténèbres définitives. Son teint, qui déjà n'était pas trop
vif, se plomba. Et elle prit l'habitude de rester des heures
15 immobile, ne faisant aucun bruit.

Elle reçut une nouvelle lettre de Paddy, qui la bouleversa. Jeté dans la vie sans expérience aucune, en quelques jours Paddy avait dépensé la petite somme d'argent
remise par son père. Il s'était trouvé sans ressources. Il
20 était resté, chose inouïe, une journée entière sans manger.
D'ailleurs, il ne se laissait pas abattre. [2] Il acceptait la
lutte, il cherchait du travail, et déjà il se voyait tiré d'affaire. [3]

Cette lettre la bouleversa... Mais, quand elle relut
25 attentivement, Eddy n'y trouva plus un mot qui pût émouvoir sa pitié. Au contraire, il n'y était trace que des joyeux efforts de Paddy, de son orgueilleuse énergie, de son
insouciance, de cette insouciance qui, autrefois déjà, avait
fait souffrir Eddy bien souvent. Elle n'avait aucune idée

---

[1] **qui n'avaient pas de couleur propre,** *which had no color of their own.*
[2] **il ne se laissait pas abattre,** *he didn't allow himself to be depressed.*
[3] **il se voyait tiré d'affaire,** *he saw himself coming out on top.*

de la lutte pour vivre, elle comprit pourtant que lutter ainsi, c'est vivre encore avec plus d'intensité, c'est affirmer le vouloir vivre. Et elle comprit plus clairement comme il était loin d'elle, et différent d'elle, lui qui se plaisait à batailler sans trêve pour conserver et pour multiplier sa 5 vie, elle qui restait assise, immobile, pour attendre la mort sans bruit.

Puis, par un revirement soudain qui lui devenait habituel, elle s'humanisa. Dieu ! Paddy, son Paddy tout un jour sans nourriture, perdu dans cette immense ville parmi des 10 milliers d'indifférents, qui à leur repas sans doute avaient dévoré aussi gloutonnement que les gens de la table d'hôte à Plémont et à Guernesey ! Son Paddy si blond et si clair, soigné plus qu'elle-même peut-être, avec ses jolis cheveux de poussière mal peignés, avec ses mains mal lavées, avec 15 ses vêtements, — oh ! lui si orgueilleux de son corps, si soucieux de sa tenue,[1] et comme il en avait le droit ! — avec ses vêtements déchirés sans doute, rapiécés. Elle sanglota. Elle souffrait ce que souffre une mère qui n'imagine rien de trop beau pour son enfant et qui le voit en guenilles.   20

Sa douleur fut si aiguë qu'elle ne pouvait plus tenir en place. Elle s'enfuit de la maison. A grands pas, elle s'en alla sur la grève déserte, vers Saint-Aubin, sans savoir où elle voulait aller. Mais elle arriva tout droit à la douce retraite des jours passés, à l'asile d'enfance qui était pour 25 elle la réduction symbolique du paradis terrestre enfantin. Elle s'assit au bord de l'eau limpide, sur le roc poli par la mer. Oh ! il y a quelques semaines, Paddy était là près d'elle. Il n'avait point de souci, il vivait sans y penser: dans cet éden, on n'a pour vivre qu'à cueillir les fruits de 30 la terre, et l'on ne pourrait pas soupçonner qu'autre part

[1] si **soucieux de sa tenue,** *so particular about his appearance.*

des gens meurent de faim ! Mais de quel droit l'avait-on
arraché d'ici, son délicat Paddy, son cher enfant ? Hélas !
Pourquoi aussi était-il devenu trop grand, et elle trop
grande, de sorte qu'ils n'étaient plus à leur place dans cet
éden puéril, au bord de cette vasque abritée où jadis ils
jouaient ensemble, fragiles sans danger, nus sans honte ?
Pourquoi grandir ? Pourquoi vivre ? « Mourir, mourir ensemble, » murmura-t-elle.

Elle répéta: « Ensemble. » Dominée par l'idée de la
mort, elle n'avait pas jusqu'alors pris garde qu'elle désirait
moins mourir pour mourir que pour mourir ensemble. Et
la vanité de ce désir lui apparut aussitôt, puisqu'il n'était
point partagé. Pouvait-elle douter que Paddy voulût
vivre ? Non, certes, puisqu'il luttait. Il triompherait
aussi: elle n'en doutait point davantage, et, par une tou-
chante contradiction, elle était heureuse de n'en point douter. Elle lui en voulait pourtant. Cette rancune, que dès
le premier jour elle avait sentie, devenait plus amère, et
c'est par esprit de représailles qu'elle décida elle aussi de
vouloir vivre.

Oh ! n'était-il pas bien tard ? La mort avait commencé
son œuvre dès longtemps. La santé d'Eddy était minée.
La moindre maladie pouvait lui devenir mortelle. Ce
jour-là, pendant sa longue station au bord de l'eau, elle
prit froid; elle dut, en rentrant, se mettre au lit. Mme Glategny perdit la tête. Eddy, si faible déjà, sûrement ne se
relèverait pas: Eddy seule pouvait savoir qu'en dépit des
apparences elle entrait en convalescence et non point en
agonie, puisque c'est le jour même où sa maladie commen-
çait qu'elle avait abdiqué la mort et accepté les conditions
de la vie.

Tant qu'elle demeura au lit, Dick Le Bouët vint chaque

jour la visiter. Il s'asseyait à son chevet, sans rien dire, il avait l'air d'attendre — d'attendre qu'elle fût guérie pour l'emmener avec lui dans le cottage de Gorey, près du château de Montorgueil. Elle savait bien aussi que l'époque de sa guérison serait celle de son mariage, et cela lui paraissait tout simple. 5

De temps à autre, elle recevait une lettre de Paddy. L'intrépide garçon n'avait plus à compter avec les premières difficultés; déjà il s'entraînait à des luttes moins misérables, l'aventurier se montrait ambitieux d'aventures qui fussent 10 moins indignes de lui. Eddy l'approuvait: c'est la vie.

Bien qu'elle fût maintenant hors de danger, Richard Le Bouët continuait à venir tous les jours. Cela était significatif et Eddy le savait bien. Elle attendait le jour inévitable où son futur maître parlerait, comme elle avait 15 attendu le jour inévitable où Paddy la quitterait. Et elle savait aussi qu'elle ne résisterait pas. Elle se figurait de même à l'avance toutes les choses qui devaient arriver: l'entretien qu'elle aurait avec sa mère, la bénédiction nuptiale, les fêtes de famille et sa bienvenue au cottage de 20 Gorey. Elle prévoyait un avenir de loyauté conjugale, de tendre affection, de vertu simple et de maternité: c'est la vie.

Elle sortit de cette crise, plus vigoureuse, moins pâle. Elle se sentait femme et n'en avait point de honte: elle ne 25 faisait plus ce geste de croiser les mains sur sa poitrine pour cacher des formes qui accusaient son sexe trop visiblement. Afin de venir en aide à sa mère, elle s'occupait beaucoup du ménage et, active, elle allait, elle venait par la maison. 30

Un jour, pour faire un rangement,[1] elle entra dans l'an-

---

[1] **pour faire un rangement,** *in order to put things to rights.*

cienne chambre de Paddy, qui restait toujours close: car
Mᵐᵉ Glategny n'avait plus voulu prendre de pensionnaires,
moins pour éviter ce tracas que par une délicate pensée de
fidélité à ceux qui étaient partis.

5   Eddy, avant que ses yeux, s'accoutumant à l'obscurité,
pussent voir, sentit le parfum de lavande, mêlé au parfum
de miel du tabac américain; et l'actualité de ces odeurs
fortes la troubla singulièrement. La chambre, où cependant les meubles étaient rassemblés dans un même coin,
10 semblait garder encore l'animation de désordre qu'y mettait jadis la vivacité de Paddy. Le store était baissé, le
lit ... Eddy eut la vision du petit enfant d'autrefois qui
se blottissait sous ses draps et ramenait ses couvertures
jusqu'à ses yeux, afin qu'elle ne craignît point d'entrer dans
15 la chambre et de s'asseoir au pied du lit. Soudain, elle défaillit, elle eut une sueur froide: cette chambre, pour la
première fois, lui faisait l'effet d'une chambre mortuaire,
et, en regardant le lit vide, elle se représentait le corps inerte
que des hommes venaient d'emporter.

20   Il faut avoir beaucoup réfléchi sur le mécanisme de l'esprit humain pour admettre qu'une conception puisse être
dénuée de tout fondement, purement chimérique. Eddy
n'était point superstitieuse, elle n'attribuait à ses pressentiments aucun caractère surnaturel, mais elle ne soupçonnait
25 pas que l'on pût imaginer et concevoir en dehors de toute
réalité. Sans discuter les titres de sa certitude,[1] elle expliqua par la mort la disparition de Paddy, elle réconcilia
l'image de Paddy avec l'idée de la mort.

     Très grave, très pieuse, elle referma la porte sans faire
30 de bruit. Elle descendit. Elle entra dans le salon à pas

---

[1] **Sans discuter les titres de sa certitude,** *Without discussing the
reasons for her certainty.*

muets. Mme Glategny était assise, hélas ! seule, à côté de
la table octogonale; elle brodait, mais d'une main tremblante, et elle donnait les signes manifestes d'une inhabi-
tuelle agitation. Mais Eddy ne s'en aperçut point. Elle
ne voyait rien qu'en elle-même.   5

Elle s'en alla se poser sur le meuble de coin formant étagère et divan, elle s'y tint droite, un peu raide, comme
autrefois, et elle feuilleta l'album de Walter Crane, où les
héros de mythologies et de contes de fées étaient sembla-
bles à Paddy, peints avec des couleurs de soleil, dessinés 10
avec des cernures de lumière. Et tout en les regardant à
travers un éblouissement douloureux, elle songeait qu'en
effet, depuis très longtemps, elle n'avait reçu aucune lettre.
Elle se reprochait même de ne s'être pas inquiétée plus tôt.
Dans sa dernière lettre, Paddy annonçait le projet d'un 15
voyage au Mexique. Il promettait de récrire dès qu'il
pourrait donner une adresse certaine. Et il n'avait plus
écrit.

Eddy sentit un grand froid. Ses mains se mirent à trembler. Elle murmura: « Mourir ensemble. » Elle se rappela 20
que, si elle avait cessé un jour de vouloir la mort, c'est parce
qu'elle ne voulait pas mourir seule, et à présent c'est Paddy
qui était mort, et elle vivait !

A ce moment Mme Glategny, qui ne tenait plus en place,
appela: « Edith. » Eddy n'entendit point . . .   25

— Edith . . .

Elle tressaillit.

— Maman ? . . .

La bonne dame cherchait des phrases. Elle finit par dire
simplement: « J'ai une chose à vous confier. Richard Le 30
Bouët m'a demandé votre main. »

Eddy ne répondit pas. Mme Glategny fut stupéfaite.

Elle s'attendait à des confidences, à des aveux, à des effusions... « Eh bien ? » dit-elle.

Eddy, lentement, d'une voix morne, répondit. « Vous prierez Dick d'attendre trois semaines. J'accepterai ou je
5 refuserai dans trois semaines. »

Mme Glategny se récria.

— Trois semaines, répéta la jeune fille avec autorité.

— Eddy... je vous en prie... vous... vous ne me cachez rien ?

10 — Rien.

Eddy se leva, sortit, monta dans sa chambre; et elle écrivit à Justin Higginson, sachant qu'à cette époque de l'année il ne voyageait pas. Elle lui expliqua, en termes simples, nets, plutôt froids comme il aimait, qu'elle n'avait
15 aucune nouvelle de Patrick depuis plusieurs mois, qu'elle était inquiète de lui, et qu'elle souhaitait d'être rassurée.

Pendant ces trois semaines, la mère et la fille vécurent côte à côte aussi paisiblement que de coutume. Il ne fut question de rien.[1] Mme Glategny pria même Le Bouët
20 de suspendre ses visites jusqu'au jour fixé par Eddy.

Deux ou trois jours avant l'expiration du délai,[2] Eddy reçut de M. Justin Higginson une lettre ainsi conçue[3]:

« Chère Mademoiselle,

« Je suis vivement touché de votre aimable souvenir, et
25 je transmettrai à Mme Collins vos amitiés, lorsque j'aurai l'occasion de voir cette chère dame, qui ne demeure plus chez moi. J'étais moi-même sans nouvelles de Patrick depuis plusieurs semaines; mais il paraît se porter bien,

---

[1] **Il ne fut question de rien,** *They never referred to it.*   [2] **avant l'expiration du délai,** *before the time was up.*   [3] **ainsi conçue,** *worded thus.*

d'après ses dernières photographies que j'ai reçues avant hier.

« Votre, sincèrement,

« JUSTIN A. HIGGINSON. »

Aussitôt qu'elle eut achevé la lecture de cette lettre, Eddy alla retrouver sa mère dans le salon, et lui dit: « Vous avertirez Dick Le Bouët que j'accepte. »

Et les choses qu'elle avait prévues se réalisèrent encore, et elle partit de Saint-Hélier un jour du printemps, avec celui dont elle portait le nom, pour aller demeurer dans la maison, près du château de Montorgueil.

VIII

PLUSIEURS fois les anniversaires étaient revenus, et plusieurs fois la marée d'équinoxe avait monté.

En son cottage de Gorey, près du château de Montorgueil, Eddy Glategny, qui maintenant s'appelait Edith Le Bouët, jouissait du bonheur qu'assurent le calme de la conscience et le demi-sommeil du cœur résigné. Son mari l'aimait. L'amour de Richard Le Bouët n'était pas une de ces passions tumultueuses qui ont commencé, qui doivent finir, et qui évoluent d'une source à une embouchure en suivant les pentes d'une âme accidentée: comme une eau hésitante qui se répand et s'étale, l'amour avait envahi toute cette âme plane et en submergeait tous les horizons.

Richard, sans dissimuler à Eddy sa tendresse, ne lui parlait jamais le langage de la passion. Il n'osait lui témoigner qu'une sollicitude continue, un grand respect. Ce

n'était point qu'il craignît de heurter en elle des souvenirs, de froisser des sentiments anciens qu'il ne pouvait pas ignorer. Mais il ressemblait à ces hommes des premiers âges du christianisme qui, pécheurs, épousaient des saintes,
5 et qui restaient humbles devant leurs compagnes élues.

Comme une sainte qui accomplit son temps d'exil sur la terre, Eddy avait une existence double. Elle remplissait d'abord les devoirs de sa vie terrestre avec un esprit de douceur et d'aménité, avec une charité souriante et une
10 humeur toujours égale, avec cette gaîté chrétienne dont l'Évangile a fait une vertu. Mais sa véritable patrie n'était pas de ce monde.

En épousant Richard Le Bouët, elle n'avait manqué de parole à personne: elle n'avait fait que poursuivre le cours
15 de sa vie terrestre, comme un autre poursuivait le cours de la sienne.

Elle ne s'y était pas non plus décidée par dépit, et elle avait épousé Dick loyalement, c'est-à-dire qu'en lui promettant amour et fidélité, elle savait d'avance qu'elle pour-
20 rait tenir son serment, sans effort, avec plaisir.

Mais de ce cottage, situé à mi-hauteur de la colline, elle voyait la « grande et spacieuse mer »; et surtout elle l'entendait. Elle entendait cette voix de l'infini qui jadis lui avait annoncé la première venue de l'inconnu. Même par
25 les temps les plus sereins, elle entendait cette voix, qui n'existait alors que pour elle seule, par le privilège de l'initiation et de l'extase. Mais elle préférait les jours de houle et même de tempête, où l'infini lui parlait plus clairement et plus brutalement. Elle montait alors sur la plate-
30 forme du château et elle regardait vers l'horizon, avec cette mélancolie des précurseurs qui contemplent les terres promises où ils n'entreront point. D'ailleurs elle était sou-

mise, elle obtenait ce que l'on peut obtenir de bonheur sur
la terre, et elle n'avait pas d'illusions à perdre puisqu'elle
n'acceptait l'erreur de vivre que comme une erreur en effet.

Cependant, Paddy, dont nul ne recevait plus de nouvelles, avait continué de vivre aussi. Et maintenant, bien 5
que toujours très beau, très jeune, il était un homme. Et
l'intérêt de la lutte pour vivre lui avait caché l'inanité de
la vie.

Mais voici qu'en pleine santé Justin Higginson mourut
par accident. Paddy devint le maître d'une grande for- 10
tune. Il renonça aux affaires et se mit à voyager sur mer
à bord du yacht *Ontario*. Mais à peine fut-il libre de vivre
rien que pour le plaisir de vivre, il en fut las. Il n'avait
pas, ainsi qu'Eddy, accepté l'erreur de la vie comme une
erreur, il avait été dupe de cette illusion, et la désillusion 15
suivait.

Tout jeune, il eut des idées de vieillard. Il rêva de solitude et de retraite. C'est alors que les souvenirs du paradis
terrestre enfantin ressuscitèrent, et que l'image d'Eddy,
depuis longtemps pâlie, se raviva dans son cœur: elle y 20
redevint éclatante comme ces images des églises byzantines
que les moines de l'Athos [1] repeignent de couleurs fraîches
suivant la formule des canons, et qui paraissent toujours
neuves après des siècles.

L'aventurier reprit donc les voies de la mer, et un jour 25
il aborda sur les rives de l'île heureuse. Il se tenait à l'a-
vant du bateau, et il regardait, levant la tête, comme s'il
avait pu espérer qu'Eddy serait là pour l'attendre, debout,
à la pointe de la jetée Victoria. Mais Eddy n'y était point.

Il marcha lentement le long du quai. Il éprouvait une 30

---

[1] Mountain in Macedonia famous for its monasteries.

émotion qu'il ne pouvait pas définir: car il n'osait pas interroger sa conscience, et il se taisait en lui-même ainsi
que dans un lieu consacré. Il pensait beaucoup moins à
Eddy qu'au Paddy d'autrefois, et il pensait à lui comme à
5 un étranger, il le chérissait, non point comme on peut chérir
le souvenir de soi-même, mais comme un ami, distinct de
soi.

Il marcha sur l'esplanade, le long de la voie ferrée. Puis
il tourna vers la droite, et monta, par la rue Rouge-Bouil-
10 lon, au quartier d'Almorah. Il reconnut la grille, le double
window, souleva le marteau de la porte.

Eddy venait souvent, plusieurs fois par semaine, passer
la journée avec sa mère. Elle était là, dans le salon. Elle
se leva. Elle vint ouvrir. Et ils se trouvèrent debout face
15 à face. Aucun cri ne leur échappa, aucune parole. Leurs
lèvres s'unirent.

Comme Paddy allait pénétrer dans le salon, Eddy l'arrêta: « Votre vue, dit-elle, causerait une joie trop forte à
ma mère, qui est bien âgée. » Elle entra seule.

20 Mme Glategny était assise près de la table octogonale.

—Maman, dit Eddy, vous n'avez jamais pensé que
Paddy pourrait revenir nous voir ?

— Si fait,[1] mais quelle apparence ?

— Cela vous ferait un grand plaisir ?

25 Mme Glategny, avec cette impassibilité des vieillards, répondit: « Si Paddy est ici, qu'il entre. »

Il parut, et aux premiers mots que lui adressa la vieille
dame il comprit qu'Edith était la femme de Dick Le Bouët.
Mais il reçut cette nouvelle sans étonnement. Cela ne
30 l'empêcha pas de prendre Eddy par la main et de l'emmener vers ce coin plus obscur de la pièce où était ce meuble

[1] **Si fait,** *Yes indeed.*

bizarre formant étagère et divan. Ils s'assirent côte à côte. Ils remarquèrent en souriant que l'album était toujours là.

Comme ils se disaient peu de chose, et des choses très indifférentes, Eddy se leva: « Voulez-vous, lui demanda-t-elle, dormir cette nuit dans votre ancienne chambre, plutôt que d'aller coucher à l'hôtel ?

Il hésitait.

— Venez la voir, dit-elle.

Et elle le reprit par la main. Ils montèrent l'escalier. Ils ouvrirent la porte, et ils demeurèrent au seuil de la chambre qui, pour Paddy aussi, était une chambre mortuaire. Paddy se rappela l'enfant que tout à l'heure il avait aimé, et il eut le sentiment que cet enfant était mort.

Il détourna la tête, et puis il se retira. Il traversa le couloir. Il ouvrit la porte de l'autre chambre, où l'ancienne Eddy avait dormi, et il eut le cœur serré: car celle-ci ressemblait également aux chambres d'où l'on vient d'emporter un mort.

Alors seulement il répondit: « Oh ! non, Eddy . . . Je ne dormirai pas ici. Je dois rentrer à bord ce soir, afin de partir demain avec la marée, qui est de très bonne heure. » Elle baissa les yeux. Ils redescendirent l'escalier.

Mais en bas il lui dit: « Si vous vouliez venir à bord avec moi ? Nous pourrions nous promener ensemble toute la journée. Il n'est pas encore trop tard pour partir, et je pourrais vous ramener à Gorey à la marée de ce soir. »

— Oui, dit-elle.

Ils rentrèrent dans le salon blanc. Eddy avertit sa mère de ce qui avait été résolu, et la pria d'envoyer la servante à Gorey pour informer Richard que M. Patrick Higginson viendrait souper à la maison.

Ensuite ils partirent, comme autrefois pour le collège.
Ils ne disaient rien, ne se posaient point de questions. Les
détails de leur vie réelle ne les intéressaient ni l'un ni l'autre.
Ils embarquèrent et prirent leurs places, à l'avant, comme
5 le jour du départ pour Guernesey. Ils suivirent aussi la
même route, car ils voulaient faire le tour de l'île par l'ouest,
et revenir ensuite à Montorgueil.

La mer était calme. Cependant, lorsque l'*Ontario* doubla
la pointe de la Corbière, une grande houle le berça: les mers
10 les plus paisibles s'irritent sur ces rochers à fleur d'eau, et
puis, de ce côté, il n'y a point de terre, point d'île qui depuis des centaines de lieues brise les lames. Ils regardaient
tous deux vers l'horizon.

Mais lorsque le yacht vira de bord pour mettre le cap
15 sur Montorgueil, ils furent surpris de ne pas apercevoir la
côte. Entre l'île et le navire un mur se dressait, inconsistant mais opaque, vers lequel ils se précipitaient à toute
vapeur. Et l'hélice, brusquement, s'arrêta. La sirène
siffla en détresse. Ils se regardèrent: ils se distinguèrent
20 à peine; ils étaient dans le brouillard, comme autrefois.

Alors ils se levèrent, allèrent s'accouder au bordage,
coude contre coude. Ils avaient besoin de se toucher, puisqu'ils ne se voyaient plus. Penchés sur l'eau, ils en apercevaient à peine la soie glacée, comme à travers un nuage
25 de tulle. Le yacht se remit en marche, avec des précautions: il ne fendait plus l'eau, il la froissait. Le silence
était extraordinaire; mais la sirène déchirait l'atmosphère
épaisse de ses sifflements réguliers.

Paddy posa sa main sur la longue main d'Eddy, toutes
30 les deux moites et froides à cause du brouillard. D'une
voix douce, insinuante, et qui retrouvait la séduction de
son enfance passée, il dit: « Oh ! Eddy, Eddy, avoir peur

ensemble. » Elle ne tressaillit pas. Elle ne le regarda
pas. Elle dit, en face d'elle, impersonnellement: « Mourir
ensemble. » Et ils se turent.

Mais ce fut un coup de théâtre pareil à celui d'autrefois:
les ténèbres blanches se déchirèrent; ils virent soudain 5
qu'ils touchaient au port. Le yacht avait failli se briser
au pied du roc de Montorgueil, qui, de si près, leur apparut
abrupt et inaccessible. Ils doublèrent la jetée. Ils débar-
quèrent. Dick Le Bouët les attendait.

« Vivre . . . » murmura Eddy.   10

Et lentement, tous les trois, ils gravirent la colline.

VOCABULARY

A

abandonner to leave; **s'—**, give oneself up, relax, yield

abattre (s') to fall, tumble down

abeille *f.* bee

abîme *m.* abyss

abolir to abolish

abord: d'—, first, at first

abordable accessible

aborder to approach, dock, enter upon, land

aboutir to end

abri *m.* refuge; **à l'—**, protected

abrité sheltered

absolument totally

accablement *m.* exhaustion

accalmie *f.* lull

accès *m.* fit; **donner —**, to give admission, lead into

accessoire *m.* accessory

accidenté hilly, uneven

accommoder to accommodate; **s'— (de)** be content with

accomplir to do; **— le tour du monde** go around the world; **s'—**, happen, take place

accorder to grant

accoster to dock

accoté propped up

accoter (s') to lean against

accouder to lean on one's elbow

accourir to rush up

accoutumer (s') to get used to

accrocher to catch, fasten; **s'—**, get caught

accueillir to receive

accuser to reveal, show; **s'—**, become accentuated, increase

acquéreur *m.* buyer

acquitter (s') to fulfill

adieu *m.* farewell, good-bye

admettre to admit

adresse *f.* skill

adresser to say

affaibli attenuated

affaiblir (s') to weaken

affairement *m.* bustle

affaires *f. pl.* business

affectueux affectionate

affirmer to assert, confirm, state

affligé afflicted, grieved

affolé mad

affolement *m.* bewilderment

affranchi *m.* emancipated, sophisticated person

affreusement frightfully

affreux atrocious, frightful

affronter to face

affubler (s') to dress oneself up

afin de in order to

âgé old

agenouillé kneeling

agir to act; **s'— de** be the matter; **il s'agit de** the question is agité nervous

agiter to disturb; s'—, wave

aide f. help; venir en —, to help

aider to help

aïeule f. grandmother

aigle m. eagle

aigu sharp, shrill

aiguille f. needle

aiguillonné spurred, stimulated, urged

aile f. wing

ailé winged

ailleurs elsewhere; d'—, besides, by the way, nevertheless

aimable kind, nice, polite

aimer to like, love

ainsi thus; — que and also, as, like

air m. air; grand — or plein —, open air; avoir l'—, to look like; se donner des —s pretend, put on airs

aisance f. ease; avoir de l'—, to be comfortably off

aise f. ease; mal à l'—, uneasy

aisément easily

ajouter to add

alangui enfeebled

aligné in a row

aliment m. nourishment; servir d'—, to keep alive

allée f. path

allégresse f. cheerfulness

aller to go, walk; s'en —, go away; allons! come on!

allonger to lengthen

allumer (s') to flare up

allumette f. match

allure f. air, demeanor, way

alors then; — que when, while

amant m. lover

amarrer (s') to moor

ambassade f. embassy

âme f. soul

amener to bring

aménité f. kindness

amer bitter

amertume f. bitterness

ami m., amie f. friend

amitié f. friendship; —s regards

amorti dulled

amour m. love

amoureux amorous

amusé amused

amuser (s') to have a good time

Amyot, Jacques (1513-1593), *French humanist*

an m. year

analyse f. analysis

ancêtre m. ancestor

anchois m. anchovy

ancien former, old

ancre f. anchor; lever l'—, to weigh anchor

anéantissement m. annihilation

ange m. angel

anglais English

Angleterre f. England

angoissant excruciating

angoisse f. anguish

anguleux angular

animé animated

animer (s') to become animated or lively

année f. year

anniversaire m. anniversary

annonce f. advertisement

annonciation f. annunciation

anormal abnormal

antichambre f. hall

apaiser to calm; s'—, become quiet

apanage *m.* endowment, lot

apercevoir to see; **s'—**, notice

aplomb *m.:* **d'—**, perpendicularly

apparaître to appear

apparence *f.* appearance

apparition *f.* ghost, vision

appartenir to belong

appel *m.* call

appeler to call; **s'—**, be called; **il s'appelait ...** his name was ...

appliquer (**s'**) to apply

apporter to bring

apprendre to learn, teach

apprêté well taken care of, well-kept

apprêter (**s'**) to prepare oneself

approche *f.* coming

approché close

approcher to approach, draw near

approprier (**s'**) to match, fit

appui *m.* support

appuyé leaning against, pressed

appuyer to put, press, rest; **s'—**, lean, stand against

âpre bitter, hard, rough

après after; **d'—**, from, according to; **peu —**, shortly after

après-midi *m. & f.* afternoon

arbre *m.* tree

arbuste *m.* small tree

arc-en-ciel *m.* rainbow

ardent hot

argent *m.* money

argenté silvery

argenterie *f.* silverware

armée *f.* army

armoire *f.* cupboard

arracher to draw, tear away

arranger to decide

arrêter (**s'**) to stop

arrière: en —, behind, backward

arrière *m.* stern

arrière-cousin *m.* remote *or* distant cousin

arrière-pensée *f.* mental reservation, thought in the back of one's mind

arrivée *f.* arrival

arriver to arrive, come, happen, occur, succeed

article *m.* subject

artisan *m.* maker

asile *m.* home

aspérité *f.* asperity, roughness

assagir (**s'**) to quiet down, slacken

assaillir to assault

assaisonnement *m.* dressing

assentiment *m.* approval

asseoir to sit down; **s'—**, seat oneself, sit down

assez enough, rather

assiéger to besiege

assiette *f.* plate

assigner to give

assis seated, settled

assistant *m.* person present, spectator

assister to be present

assombrir (**s'**) to become dark

assurance *f.* boldness

assuré steady

astre *m.* star

attarder (**s'**) to linger, loiter

atteindre to reach

atteinte *f.* reach

attendre to expect, wait; **s'—**, expect

attendri moved

attendrir (**s'**) to be moved, pity

attendrissement *m.* emotion

attendu que since

attente *f.* expectation, waiting
attentivement carefully
attirer to attract
attrister to sadden
aube *f.* dawn
auberge *f.* inn
aucun no, not any
audace *f.* boldness
augmenter to increase
aujourd'hui today
auréoler to make a halo
aurore *f.* dawn
aussi also, therefore
aussitôt at once, immediately, right away
autant as many, as much; **d'— plus que** so much the more
auteur *m.* author
automate *m.* automaton
automne *m.* autumn
autoritaire commanding
autour around
autre other
autrefois formerly
autrement otherwise
avance *f.*: **à l'—,** by anticipation; **en —,** early, ahead of time
avancer (**s'**) to move forward, project
avant before; **en —,** forward
avant *m.* bow (*of ship*)
avant-veille *f.* the day before last
avec with
avenir *m.* future
aventurer (**s'**) to risk oneself, venture
aventurier *m.* adventurer
avertir to notify, tell, warn
aveu *m.* confession
avide voracious
aviser to notice; **s'—,** realize

avoir to have; **il y a** there is; **qu'y a-t-il?** what is it?
avouer to confess
azur blue

B

bâbord *m.* larboard, port
bac *m.* ferry-boat; **— à traille** cable ferry-boat
badinage *m.* playfulness
baie *f.* bay, gulf
baigner *or* **se —,** to bathe
bain *m.* bath
baiser *m.* kiss
baissé downcast, lowered, pulled down
baisser to pull down; **— les yeux** look down; **le jour baissait** night was falling
balancé swinging
balancer (**se**) to rock
balayer to sweep
ballant loose
ballonné swelled
banal indifferent, trite
banalité *f.* (the) commonplace; vulgarity
banc *m.* bench
bande *f.* flock
Banquet *m.* Symposium (*one of Plato's most famous dialogues*)
banquette *f.* bench, seat
barbare savage
barbier *m.* barber
bariolé many-colored
barque *f.* boat
bas low; **de — en haut** up and down; **en —,** downstairs; **à — de son lit** out of bed
bas *m.* stocking; foot (*of a hill*)
bassin *m.* pond, pool
batailler to fight, struggle

bateau *m.* boat, ship

bâtiment *m.* ship

bâtisse *f.* building

battement *m.* beating

battre to beat; — son plein be at its height

bavardage *m.* chattering

bazar *m.* small department store

beau (bel, belle) beautiful; belle humeur good humor

beaucoup a great deal, many, much

beauté *f.* beauty

bercer to rock

béret *m.* sailor cap

berger *m.* shepherd

Bernardin de Saint-Pierre, Jacques Henri (1737–1814), *French writer, author of "Paul et Virginie"*

besoin *m.* need; avoir —, to need

beurrer to butter

biais *m.* pretext; de —, sideways

biaiser to go obliquely

bibelot *m.* knick-knack

bibliothèque *f.* library

biche *f.* hind; a kept woman (*word used during the Second Empire*)

bien comfortable, well; — que although; eh —, well

bien *m.* right

bien-être *m.* comfort

bientôt soon

bienvenue *f.* welcome

billet *m.* ticket; — de passage steamship ticket

biseau *m.:* à —, bevelled

bizarre strange

bizarrerie *f.* strangeness

blafard colorless, pale

blanc white

blanchâtre whitish

blancheur *f.* whiteness

blanchisseuse *f.* laundress

blessé wounded

blesser to hurt

bleu blue

blond light

blotti curled up

blottir to hide; se —, huddle

boire to drink

bois *m.* wood

boisé woody

boîte *f.* box

bon good

bond *m.* bound

bondir to leap

bonheur *m.* happiness; par —, fortunately

bonhomme *m.* fellow

bonjour *m.* good morning; souhaiter le —, to say hello

bonnement simply

bonsoir *m.* good night

bord *m.* board; — de l'eau shore

bordage *m.* railing

bordé bordered

border to border, edge

borne *f.* milestone

boucle *f.* curl

bouclé curled

boudeur sulky

bouffant puffed

bougeoir *m.* candlestick

bouger to move

bougie *f.* candle

bouilli boiled

boulevard *m.:* Théâtre du —, theater on (*or* near) the Boulevards (*in Paris*)

bouleverser to upset

bourdonner to buzz
bourrer to fill
bourru cross
bousculer to bully, push
bout *m.* end
bouteille *f.* bottle
boutique *f.* shop
Boylesve, René (1867–1926) *French novelist*
branche *f.* twig
bras *m.* arm; — **de mer** channel
bravade *f.* boast
bravement bravely
bref brief
brièvement briefly
brillant radiant
brise *f.* breeze; — **marine** sea breeze
brisement *m.* breaking
briser *or* se —, to break
broder to embroider
broderie *f.* embroidery
brouillard *m.* fog
bruire to rustle
bruit *m.* noise, rumor; **faire grand** —, to make a big sensation
brûler to burn
brume *f.* fog, mist
brumeux misty
brusque jerky, sudden
brusquement suddenly
bruyant noisy
bruyère *f.:* **pipe de** —, briar pipe
bûcher *m.* pyre
buée *f.* mist
buissonnier: faire l'école —**e** to play truant
bureau *m.* office
but *m.* aim, end; **arriver au** —, to reach the goal

C

ça here; — **et là** here and there
cabine *f.* bathhouse, cabin
cabochon *m.* imitation precious stone
cachemire *m.* cashmere
cacher *or* se —, to hide
cadre *m.* frame (*for a picture*)
Caillavet, Mme Arman de, *socially prominent in Paris at the end of the XIXth and beginning of the XXth century*
caillou *m.* stone
calfeutrer (se) to shut oneself in
câlinerie *f.* cajolery, wheedling
calotte *f.* bonnet, cap
camaraderie *f.* comradeship
campagne *f.* country; **en pleine** —, in the open country
campé placed
candeur *f.* innocence, naïveté
canne *f.* cane
cantique *m.* hymn
cap *m.* cape; **mettre le** — **sur** to steer for
caprice *m.* whim
capricieux whimsical
capuchon *m.* hood
car because
carapace *f.* shell
caravansérail *m.* caravansary, hotel
carnage *m.* slaughter
carré *m.* square
carreau *m.* check, square, tile; window pane
carrière *f.* career; **la Carrière** the diplomatic service
carte *f.* card

cas *m.* case; **en tout** —, anyway

caserne *f.* barracks

casquette *f.* cap

casser to break

cauchemar *m.* nightmare

cause *f.* cause; **à** — **de** on account of

causer to talk

cavalier *m.* trooper

caverne *f.* cavern

céder to yield

ceindre to encircle

ceinture *f.* waist; — **de sauvetage** life belt

cela that

céleste celestial

cent hundred

centaine *f.* a hundred

cep *m.* vine stock

cependant however, meanwhile

cercle *m.* circle

cerclé: — **d'argent** rimmed with silver

cérémonieux formal

cernure *f.* contour, outline

certitude *f.* certainty

cesse *f.*: **sans** —, without interruption

cesser to cease, stop

chacun everybody

chagrin *m.* sorrow

chaîne *f.*: — **anglaise** dance figure

chaise *f.* chair

châle *m.* shawl

chaleur *f.* warmth

chambranle *m.* doorframe

chambre *f.* bedroom, room

champ *m.*: **sur le** —, at once

chance *f.* luck

chancelant feeble, staggering

change *m.*: **donner le** —, to deceive

changement *m.* change

chant *m.* singing, song

chantefable *f. medieval poem in which some passages were sung*

chanter to sing

chapeau *m.* hat

chaque every

char *m.* carriage; — **à bancs** tourist car, wagonette

chardon *m.* thistle

charge *f.* tax

chargé filled

charmant charming

charmer to charm

charnière *f.* hinge

charpie *f.* lint

chasser to dispel, drive away

château *m.* castle

chaud ruddy (*complexion*); warm; **avoir** —, to be warm

chaussée *f.* causeway, street

chausser to put on

chef-d'œuvre *m.* masterpiece

chemin *m.* path, road, track, way; — **de fer** railroad; **à mi-**—, halfway

cheminée *f.* fireplace, funnel, smokestack

chemise *f.* shirt

cher dear

chercher to look for, try; **aller** *or* **venir** —, go and get

chérir to love

chester *m. kind of cheese*

cheval *m.* horse

chevalerie *f.* chivalry, knighthood

chevalier *m.* knight

chevaucher to climb over

chevet *m.* bedside

cheveu *m.* hair

chez at, in; — **vous** in your room; — **Paddy** in Paddy's room

chimérique imaginary

choc *m.* surging; blow

choisir to choose

choix *m.* choice

choqué shocked

chose *f.* thing; **peu de** —, almost nothing; **quelque** —, something

chou *m.* puff

chou-fleur *m.* cauliflower

chrétien Christian

christianisme *m.* Christianity

chroniqueur *m.* chronicler

ci: par —, **par là** here . . . there

cible *f.* target

cicatriser to heal

ciel *m.* sky; **à** — **ouvert** open, uncovered

cil *m.* eyelash

ciment *m.* concrete

cimenté cemented

cinglant slashing

cingler to lash

cinq five

circuit *m.* circle

citer to quote

clair bright, clear, light

clairsemé thin

clapotement *m.* plashing, rippling

clarté *f.* brightness, light

clé *f.* key

clément merciful, mild

climat *m.* climate

clocher *m.* steeple

clos closed, shut

cocher *m.* coachman, driver

cœur *m.* heart

cohue *f.* mob

coiffé wearing

coin *m.* corner

col *m.* collar; neck

colère *f.* anger

colis *m.* bundle

collation *f.* light lunch

collé pasted, stuck

colline *f.* hill

colorer (**se**) to color

combattre to fight

combien how, how much

comblé filled up

Comédie Humaine *the general title of Balzac's works*

comédienne *f.* comedian

comme as, how, like

commencement *m.* beginning

commencer to begin

comment how

commettre: — **une imprudence** to be guilty of an indiscretion

commode *f.* chest of drawers

commodité *f.* comfort, convenience

commun customary, identical

communiquer (**se**) to exchange

compagne *f.* companion

compassé solemn; starched

complaisance *f.* obligingness

comporter to include, require

composé arranged, composed

comprendre to contain, include; understand

compte *m.* account, calculation

compter to count; — **sur** rely on

comptoir *m.* counter

concentrer (**se**) to concentrate

concerter (**se**) to consult together

concevoir to conceive

concision *f.* conciseness

conclure to conclude

conduire to bring, drive, lead, take to

confiance *f.* confidence

confier to confess, entrust

confiner (se) to shut oneself up

confondre to mingle, mix

confortable *m.* comfort

congé *m.* leave; **jour de —,** holiday

connaître to experience, know

consacrer to consecrate, devote

conscience *f.:* **avoir —,** to be conscious

conseiller to advise

constamment constantly, all the time

constater to notice

construire to build

conte *m.* tale

contempler to contemplate

contenir to contain; **se —,** control oneself

content satisfied

contenu repressed

continuel continuous

continuellement incessantly

continuer to continue, keep on

contour *m.* outline

contourner to twist

contraindre to compel

contrainte *f.* restraint

contraire contrary

contrarié disturbed

contrarier to annoy, antagonize

contre against

convenable convenient

convenance *f.* convenience, fitness

convenir to be proper, suit; **— de** admit

convive *m.* guest

coquet dainty

coquettement coquettishly

coquillage *m.* shell

corbeille *f.* flower bed

corniche *f.:* **en —,** overhanging

corporel bodily

corps *m.* body; **— à —,** physical intimacy

corridor *m.* hall

cortège *m.* procession

cosmopolitisme *m.* cosmopolitanism

costumé dressed

côte *f.* coast, shore

côté *m.* side; **à — de** near, next

coteau *m.* hill

côtoyer to coast, go by the side of

cou *m.* neck

couchant *m.* setting sun

coucher to sleep; **aller se —,** go to bed

coucher *m.:* **— du soleil** sunset

coude *m.* angle, elbow

couler to run

couleur *f.* color

couloir *m.* corridor; **— d'entrée** hall

coup *m.* blow; **— de foudre** love at first sight; **— d'œil** glance; **— de théâtre** surprise, claptrap; **du même —,** at the same time; **d'un seul —,** all at once; **tout d'un —,** suddenly

coupable guilty

coupe-gorge *m.* cutthroat place

couperosé blotched, pimpled

couplet *m.* stanza, verse

cour *f.* court, yard

courant *m.:* **mettre au —**, to inform
courbe curved
courbe *f.* curve
courir to run
couronne *f.* wreath
couronnement *m.* crown, top
couronner to crown
cours *m.* course; **au — de** during
course *f.* excursion, trip, race
court short
coussin *m.* cushion
couteau *m.* knife
coûter to cost; **coûte que coûte** no matter at what cost
coutume *f.* custom; **de —**, usually
couture *f.* seam, sewing
couvert covered
couvert *m.* cover, dinner things, table; **égayer le —**, to brighten the table
couverture *f.* blanket
couvre-pied *m.* counterpane
craindre to be afraid, fear
crainte *f.* fear
craintif apprehensive
Crane, Walter (1845–1915), *English painter*
crayonner to sketch
créateur creative
créer to create
crêpe *m.* crape
crépuscule *m.* twilight
crête *f.* crest
creuser to dig
creux *m* hollow
cri *m.* cry
crier to shout, yell
crise *f.* crisis
crochu crooked

croire to believe
croiser to cross
croisière *f.* cruise
croquis *m.* sketch
cru crude, raw
cruauté *f.* cruelty
cueillir to pick
cuisine *f.* kitchen
cuivre *m.* brass
culotte *f.* knickers
cultivateur *m.* agriculturist, farmer
curieux *m.* idle spectator

D

daigner to deign
dame *f.* lady
Danemark *m.* Denmark
dans in
Daudet, Alphonse (1840–1897), *French novelist*
davantage more
débarquement *m.* landing
débarquer to land
débarrasser (se) to get rid of
déboucher to open
débourser to spend
debout standing up
début *m.* beginning
débuter to begin
déchiqueter (se) to be torn
déchirant heartbreaking
déchirement *m.* heartrending
déchirer *or* **se —**, to tear
déchu fallen, unworthy
décidément decidedly
décider to convince; **se —**, accept, make up one's mind
déconcerter to baffle
décor *m.* setting
découpé indented
découper to carve

décourager to discourage; **se —**, be disheartened

découverte *f.* discovery

découvrir to discover

décrire to describe, trace

dédaigneux haughty, scornful

défaillance *f.* breakdown

défaillir to faint, feel weak

défaire (se) to get rid of

défendre to forbid; **se —**, deny, protect oneself

défense *f.* interdiction

défiant suspicious

défier to challenge, face

définir to define

déformé distorted

déformer to modify

dégagé free; graceful

dégager to bring out, uncover

dégoût *m.* repulsion

dégoûter (se) to take a dislike

déguenillé ragged

dehors outside; **en — de** outside

déjà already

déjeuner *m.* breakfast

delà: par — ** *or* **au —, beyond

délai *m.* extension of time; **sans —**, immediately

délicatesse *f.* delicacy, nicety, tact

délimité precise

délit *m.* offense

délivrance *f.* deliverance

délivrer to rescue

demander to ask

démarche *f.* bearing, gait

démenti refuted

démentir to contradict; **se —**, give way

démesuré enormous

démesurément excessively

démeublé empty, unfurnished

demeure *f.* dwelling

demeurer to live, remain

demi half

dénaturer to alter, change

dénouement *m.* ending

dent *f.* tooth

dentelle *f.* lace

dénué devoid

départ *m.* departure; **au —**, at the beginning

dépasser to go beyond, trespass

dépêche *f.* telegram

dépenser to spend

dépit *m.* spite

déplacement *m.* trip

déplacer (se) to change one's place

déplier to unfold, spread

déposer to put

dépouillé stripped

dépourvu lacking in

depuis for, since; **— lors** since then

déraisonnable foolish

dernier last

dérober (se) to avoid, escape

dérouler (se) to unroll

derrière behind

dès immediately after; **— le matin** early in the morning; **— que** as soon as

désarroi *m.* confusion

descendre to come downstairs, get out, go down

désenchanter (se) to become disenchanted

désert empty, uninhabited

désespoir *m.* despair

déshabiller (se) to undress

désigner to point out

désobéir to disobey

désolé grieved

désordre *m.* disorder

désorienté bewildered

désormais from now on

despotique: son regard —, her compelling look

dessein *m.* aim, intention

dessiner to draw; **se —,** appear, take form

dessous under; **au — de** below, under

dessus: par-— or au-—, above

destinée *f.* destiny

destiner (se) to give oneself

détaché: d'un air —, with indifference

détacher (se) to come out, separate

dételer to unharness

détente *f.* jerk

détour *m.* winding

détourner to turn away

détresse *f.* distress

deuil *m.* mourning, sadness

deux two

devant before; **par —,** in front

devenir to become, turn

dévêtir (se) to undress

dévêtu stripped

deviner to imagine, guess

dévisager to stare

dévoiler to reveal, unveil

devoir to have to, must, owe

devoir *m.* duty

dévorer to devour

dialogué in dialogue

diamant *m.* diamond

dicter to dictate

dieu *m.* god

difficile difficult

digne worthy

dimanche *m.* Sunday

dînette *f.* doll's dinner, light lunch

dire to say

directement directly

diriger to aim; **se —,** go toward

discerner (se) to discriminate, distinguish

discret prudent, reserved, shy

disjoindre to separate

disparaître to disappear

disperser to break up

dissemblable different

dissemblance *f.* difference

dissimuler to hide

dissiper to disperse; **se —,** disappear

distinguer to distinguish

distrait indifferent, vacant

divers different

divertissement *m.* entertainment

dix-neuf nineteen

docilement submissively

doigt *m.* finger

domaine *m.* property

dommage *m.* damage

donc therefore

donner to give

doré golden

dorénavant from this time forward, henceforth

dorer to gild

dormant: eau —e stagnant water

dormir to sleep; **— à poings fermés** sleep soundly

dos *m.* back

double *m.* duplicate; ghost

doubler to round

doucement gently, slightly

douceur *f.* charm, sweetness

doué gifted

douleur *f.* pain, sorrow

douloureusement painfully

douloureux painful

doute *m.* doubt; **sans —,** unquestionably

douter to doubt; **se — de** suspect

doux moderate, sweet

douze twelve

drap *m.* sheet

draper (se) to fall like a hanging *or* drapery

dresser (se) to arise, get up, stand up, straighten up

droit straight

droit *m.* duty, right

droite *f.* right

druidique druidical

dur hard

durant during

durée *f.* duration

duvet *m.* down

E

eau *f.* water

ébat *m.:* **prendre ses —s** to disport oneself

ébauche *f.* semblance

ébène *f.* ebony

éblouir to dazzle

éblouissant resplendent

éblouissement *m.* dazzlement

ébranler to shake

écarlate scarlet

écart *m.:* **à l'—,** apart, aside

écarter (s') to go away, keep away, turn aside

échanger to exchange

échappée *f.* opening, vista

échapper to escape; **s'—,** run away

échelle *f.* scale

échoué aground

éclaboussure *f.* splash

éclair *m.* flash, lightning

éclairci brightened

éclaircir to thin

éclaircissement *m.* explanation

éclairer to light; **s'—,** brighten, get the light

éclat *m.* brightness, burst; **rire aux —s** to burst out laughing; **sans —,** discreetly

éclatant brilliant

éclater to burst out

éclipser (s') to disappear

école *f.* school

écorché scratched

écorchure *f.* scratch

écossais Scotch

Écosse *f.* Scotland

écouter to listen

écraser (s') to flatten

écrier (s') to cry out

écrire to write

écriture *f.* handwriting; **l'Écriture** Scripture

écrivain *m.* writer

écroulé fallen

écru unbleached

écume *f.* foam, spray

écumeux foaming

effaré bewildered

effarement *m.* bewilderment

effet *m.* effect; **en —,** because, indeed

effilé sharp

effleurement *m.* light contact

effleurer to brush

effondrer (s') to collapse

effrayé frightened

effréné unrestrained

effroi *m.* fear

effroyable frightful

également also

égalité *f.* uniformity

égarement *m.* bewilderment

égarer (s') to lose one's way
égayer to brighten up
église *f.* church
élargir to widen
élégamment elegantly
élevé high
élever to bring up; **s'—**, ascend, soar
élire to elect
éloge *m.* praise
éloignement *m.* distance
éloigner (s') to go away
élu elected
émailler to enamel
embarras *m.* embarrassment
emblème *m.* emblem
embouchure *f.* mouth
embrassé embraced
embrassement *m.* embracing
embrasser (s') to kiss
embûche *f.* snare
émietter to crumble
émincé *m.* slice
emmener to take, take away
émouvoir to move
emparer (s') to take
empêcher to prevent; **s'— de** keep from
empesé starched
emplacement *m.* place
emplir *or* **s'—**, to fill
emportement *m.* passion
emporter to carry, take away
empreint marked
empreinte *f.* stamp
empresser (s') to busy oneself
emprunté artificial, awkward, self-conscious
encadrer to border, frame
encaissé embanked
enceinte *f.* precincts
enchaîné chained
enchanter to delight

enchevêtrement *m.* entanglement
encombré obstructed, piled up with
encore still, yet
endormir (s') to fall asleep, go to sleep, slumber
endroit *m.* place
énergique energetic
énergumène *m.* lunatic
énervement *m.* excitement, irritability, nervousness
enfance *f.* childhood
enfant *m. & f.* child
enfantin of children, puerile
enfermer to imprison; **s'—**, lock oneself in
enfin finally
enfuir (s') to run away
enhardir to embolden
enlacer (s') to embrace
enlèvement *m.* kidnaping
enlever to carry away, blow up, take away
ennui *m.* boredom
enquête *f.* inquiry
enrichir (s') to embellish oneself, enrich
enseigner to teach, tell, show
ensemble together; **tout —**, at the same time
ensuite after, after that, then
entasser to pile up
entendre to hear; mean; understand; **s'— avec** arrange with
entendu: bien —, of course
entente *f.* agreement
enthousiasmé enraptured
entièrement entirely
entonnoir *m.* funnel
entour *m.*: **à l'—**, around
entourer to surround

entracte *m.* intermission
entraîner (s') to train oneself
entre between
entrebaîllé ajar
entrée *f.* entrance, first course
entrefaite *f.:* **sur ces —s** just at that time, then
entrelacer (s') to entwine
entremets *m.* dessert, sweets
entreprendre to undertake
entrepreneur *m.* contractor; **— des pompes funèbres** undertaker
entrer to enter
entretenir (s') to talk
entretien *m.* conversation
entrouvrir (s') to open a little
envahir to invade
envelopper to cover, encircle, veil
envie *f.* desire
envier to envy
environner to surround
envoler (s') to fly away
envoyer to send
épaisseur *f.* thickness
épancher (s') to overflow
épanouir (s') to bloom, brighten up
épaule *f.* shoulder
épave *f.* wreck
épée *f.* sword
éperon *m.* breakwater, buttress; **en —**, jutting
épice *f.* spice
épine *f.* thorn
épingle *f.* pin
épingler to pin
époque *f.* time
épouse *f.* wife
épouser to marry
épouvanté frightened
époux *m.* husband

éprendre (s') to fall in love
épreuve *f.* trial
éprouver to experience, feel
équipage *m.* crew
ère *f.* era
érigé erected
errer to wander
erreur *f.* error, mistake
esbroufe *f.* showing off, swank
escalader to climb
escale *f.* stop
escalier *m.* stairs
esclave *m. & f.* slave
escompter to anticipate
espace *m.* course, space
espagnol Spanish
espèce *f.* kind
espérer to hope, wait
espoir *m.* hope
esprit *m.* mind, spirit, wit
essayer to try
est *m.* east
établir to put up
étage *m.* floor
étagé placed one above the other
étagère *f.* set of shelves
étain *m.* tin; **yeux d'—**, grey eyes
étalage *m.* display of goods
étaler to spread; **s'—**, spread out
étamine *f.* bunting
étancher to stop
état *m.* condition; **tenir en —**, to keep in good condition
été *m.* summer
éteindre (s') to go out
éteint dim
étendre to increase; **s'—**, lay down, stretch out
étendue *f.* extensiveness, size
étincelant sparkling

étinceler to sparkle

étincelle *f.* spark

étiquette *f.* manner

étoffe *f.* cloth, material

étoffé ample, full

étoile *f.* star

étonner to surprise; **s'—**, be astonished

étouffé drowned, muffled

étouffer to destroy, muffle, stifle

étourdir to make dizzy

étrange strange

étranger strange

étranger *m.* stranger

être to be

être *m.* being

étreindre to bind, embrace

étreinte *f.* embrace

étroit narrow; **à l'—**, cramped for room

étroitement closely

étude *f.* study

étudiant *m.* student

étudier to study

évader (s') to run away

évangile *m.* gospel

évanouir (s') to disappear, faint

évanouissement *m.* disappearing

évasion *f.* escape

éveiller to awaken, rouse; **s'—**, wake up

évènement *m.* event

éventail *m.* fan; **palmier —**, fan-shaped palm tree

éviter to avoid

évoluer to flow, wind

évoquer to call to mind

examen *m.* examination

excès *m.:* **à l'—**, excessively

exercer to perform

exhiber to show

exigeant exacting, hard to please

exigu small

exotisme *m.* exotic quality

explication *f.* explanation

expliquer to explain; **s'—**, understand

explorateur *m.* explorer

exposer to explain

exprès on purpose

exprimer to express; **s'—**, express oneself

exquis exquisite

extrait extracted

extrait *m.* extract

F

fabriqué made

façade *f.* front

face *f.:* **— à —**, face to face; **de —**, in front; **en — d'elle** straight ahead

fâcher (se) to get angry, take offense

fâcheux disagreeable, unfortunate

facile easy

façon *f.* manner, way; **— d'être** behavior; **de — à** in order to; **en — de** like; **sans —s** without ceremony

faible weak

faiblesse *f.* weakness

faïence *f.* china, tile

faillir to miss; **elle faillit brûler** she almost burned

faim *f.* hunger; **avoir —**, to be hungry

faire to do, make; say; **— comme si** act as if; **se — une grande joie** anticipate with great joy

faiseur *m.* maker

fait *m.* fact; **comme un —
exprès** as if made on purpose

falaise *f.* cliff

falloir to have to, must, shall

famille *f.* family

fantaisiste fantastic

fantôme *m.* ghost

farci stuffed

farder (se) to make up

farouche hostile, shy, sullen

fasciner to fascinate

fatalement fatally

fatigué tired

Faubourg *m. the Saint-Germain
quarter in Paris, residential
district of the old aristocracy*

fauteuil *m.* armchair; **— à
balançoire** rocking-chair

faux false

faveur *f.* favor

fée *f.* fairy

féerique fairylike, magic

feindre to pretend

félicité *f.* happiness

féliciter (se) to be pleased

femme *f.* wife, woman

fendre to plough (the sea)

fenêtre *f.* window; **— à guillotine** sash window

féodal feudal

fer *m.* iron; **— à cheval** horseshoe

fermé closed

fermement firmly

féroce ferocious

fête *f.* celebration; **jour de —,**
holiday

feu *m.* fire, luster

feuillage *m.* foliage

feuille *f.* leaf

feuilleter to thumb

février *m.* February

ficelé tied up

fictif fictitious

fidèle faithful

fidélité *f.* faithfulness

fier proud

fierté *f.* pride

fièvre *f.* fever

fièvreux feverish

figue *f.* fig

figure *f.* face

figurer to be, represent; **se —,**
imagine

fil *m.* wire

fille *f.* daughter, girl

fils *m.* son

fin light, thin

fin *f.* aim, end

finesse *f.* delicacy

finir to finish

fiole *f.* phial

fissure *f.* crack

flagrant evident

flanc *m.* side

flâner to loaf, stroll

fléchir to weaken, yield

flétrir to wither

fleur *f.* blossom, flower; **à —
d'eau** on a level with the
water

fleuri adorned with flowers

flibustier *m.* buccaneer

flot *m.* tide, wave

flottant floating

flottille *f.* flotilla

foi *f.* faith

fois *f.* time; **à la —,** at the
same time; **deux —,** twice;
une —, once; **une — que**
after; **une bonne —,** once
for all

fol crazy

fond *m.* back, background,

bottom; **au — d'elle** deeply in herself

fondement *m.* foundation

fondre: — en larmes to burst into tears

fondu blended, shaded one into another

force *f.* strength

forcer to compel; **être forcé de** have to

fort *adj.* strong; *adv.* hard, very

fortuit casual

fossé *m.* ditch

fou (fol, folle) crazy

foudre *f.* thunderbolt

foudroyant overwhelming

fouetté excited, stimulated

fouille *f.* excavation

fouiller to search

fouillis *m.* confused mass

foule *f.* crowd

fourchette *f.* fork

fourni thick

fournir to give, supply

foyer *m.* fire; home

fracas *m.* noise

fraîcheur *f.* coolness

frais florid, fresh

français French

France, Anatole (1844–1924), *French novelist*

franchir to pass over, trespass

frappant striking

frapper to knock

frein *m.* brake

frêle frail

frêne *m.* ash tree

fréquemment frequently

frère *m.* brother

frileux chilly, sensitive to the cold

frisson *m.* shivering, thrill

frissonner to tremble

froid cold

froid *m.* cold weather; **avoir —,** to feel cold

froideur *f.* coldness

froissement *m.* rustling

froisser to hurt, rumple

frôler to brush

front *m.* forehead

fruit *m.* fruit, product

fuir to avoid, run away

fuite *f.* flight, running away

fumée *f.* smoke

fumer to smoke

funèbre funereal, mournful

furieusement furiously

furtif fugitive, stealthy

furtivement furtively

G

gagner to reach, save, win

gaillard *m.* deck; **— d'avant** forecastle

gaîment cheerfully

gambade *f.* antic, skip

gamin arch, roguish

gamme *f.* scale, tone

garçon *m.* boy, waiter; **grand —,** young man; **vieux —,** old bachelor

garçonnier boyish

garde *f.:* **prendre —,** to notice

garder to keep; **se — de** avoid

garni provided

gâter to ruin, spoil

gauche awkward, clumsy

gauche *f.* left

gaucherie *f.* awkwardness

gelé frozen

gênant inconvenient

gêne *f.* embarrassment

gêner to annoy, embarrass

genevois from Geneva, Genevese

génie *m.* genius

genre *m.* kind; *group of literary works possessing the same characteristics*

gens *m. & f. pl.* people

gentil nice

gentilhomme *m.* gentleman

germer to develop, spring up

geste *m.* gesture

glace *f.* glass, mirror

glacé candied, glazed, iced, icy

glacer to freeze

glauque dull green

glisser *or* se —, to slide

gloire *f.* glory

gloutonnement greedily

gonflé puffed up

gonfler (se) to heave, swell

gorge *f.* throat

gouffre *m.* abyss

gourmandise *f.* greediness

goût *m.* taste

goûter to enjoy

goutte *f.* drop

gouvernante *f.* governess

grâce *f.* grace, mercy; — à on account of, thanks to; **avoir mauvaise** —, to be ungracious

gracieux graceful

gracilité *f.* fragility, slenderness

grain (de raisin) *m.* grape

grammaire *f.* grammar

grand big, great, tall; **—e personne** grown-up person

grandiose imposing, majestic, noble

grandir to grow up

grappe *f.* bunch, cluster

gras fertile, rich

gravir to climb up

gravure *f.* etching

gré *m.:* **à leur** —, as they please; **au — de** in accordance with; **au — des flots** at the mercy of the waves

grec Greek

Grèce *f.* Greece

grêle delicate, slender

grêlon *m.* hailstone

grenier *m.* attic

grève *f.* beach, sands

grille *f.* gate

grimper to climb

gris grey; — **fer** iron grey; — **perle** light grey, pearl grey

gris *m.* grey color

gronder to roar, rumble; scold

gros coarse, heavy, thick

gué *m.* ford; **traverser à** —, to wade

guenille *f.* rag

guère hardly

guérir to cure, recover

guérison *f.* recovery

guerre *f.* war

guetter to await, watch

guider to lead

guillotine *f.* sash (*of window*) *see* **fenêtre**

guise *f.:* **en — de** in place of

gymnastique *f.* gymnastic apparatus

H

habillé dressed up

habité populated

habiter to live

habitude *f.* habit

habituel customary

haie *f.* hedge

hâle *m.* tan

haletant panting

halte *f.* stop; **faire** —, to stop

hanté haunted

hardi audacious, bold, energetic

hasard *m.* chance; **au** —, at random, by chance; **de** —, casual; **par** —, by chance

hâte *f.* haste; **en** —, hastily; **avoir** —, to be anxious to

hâter to hasten; **se** —, hurry

hâtivement rapidly

haut high; **tout** —, in a loud voice

haut *m.* top

hauteur *f.* haughtiness; height, hill; **à mi-** —, halfway up

haut-le-corps *m.* bound, start

hein ! hey !

hélice *f.* propeller

herbe *f.* weed

hésiter to hesitate

heure *f.* hour, o'clock; **de bonne** —, early; **de meilleure** —, earlier; **tout à l'** —, not long ago

heureusement fortunately

heureux fortunate, happy

heurt *m.* shock, collision

heurter to hurt, knock, shock

hisser (se) to raise oneself

histoire *f.* story

hiver *m.* winter

hocher to shake

homard *m.* lobster

homme *m.* man

honnête: — **homme** perfect gentleman

honneur *m.* honor

honte *f.* shame

honteux ashamed

horloge *f.* clock

hors de out of

hortensia *m.* hydrangea

hôte *m.* guest

houle *f.* swell

houleux billowy, rough

houppe *f.* curl, tuft

humain human

humaniser (s') to become more human

humblement humbly

humeur *f.* temper

hypocritement hypocritically

I

ici here, there

île *f.* island

illimité unlimited

illustré *m.* magazine

image *f.* picture

imberbe beardless

immobile motionless

impénétrable impervious

imperméable waterproof

impersonnellement impersonally

impitoyable pitiless

importer to matter

importun troublesome

importun *m.* bore, intruder

importuner to bother

impraticable impassable

imprégné impregnated

imprégner (s') to become impregnated

imprévu unsuspected

imprévu *m.* unforeseen

improviste: **à l'** —, secretly, unexpectedly

impudicité *f.* indecency

impunément with impunity

imputer to attribute, charge

inaccoutumé unusual

inachevé unfinished

inanité *f.* emptiness, uselessness

inanition *f.* starvation

inappréciable immeasurable

inattendu unexpected

inavoué unexpressed

Incas *m. pl. an ancient South American tribe of Indians*

incertitude *f.* uncertainty

incessamment incessantly

incliner (s') to bow

incolore colorless

inconnu unknown

inconnu *m.* stranger, unknown

inconscience *f.* unconsciousness, lack of realization

inconséquence *f.* inconsistency, unconcern

inconsistant intangible, unsubstantial

inconstant fickle, wavering

incontestablement unquestionably

inconvénient *m.* objection

incrusté studded

inculte waste

indécis irresolute, vague, wavering

indéfini indefinite

indéfinissable undefinable

indigène native

indigne unworthy

indiqué indicated

indomptable uncontrollable

indu unseasonable

ineffable inexpressible, unutterable

ineffaçable indelible

inépuisable inexhaustible

inerte lifeless

inévitable unavoidable

inexprimable inexpressible

infini *m.* infinity

infranchissable impassable

ingénieux clever, ingenious

ingrat ungrateful

inhabile unskillful

inhabité uninhabited

inhabituel unusual

injustifié unjustified

inoccupé idle

inorganisé inorganic

inouï unheard of

inquiet restless

inquiéter (s') to worry

inquiétude *f.* anxiety, uneasiness

insaisissable unseizable, elusive

insinuant insinuating

insouciance *f.* carelessness, indifference

insouciant free of care, light-headed

insoucieux careless

installer to establish, set up

instant *m.* instant; **à l'— même** at once

instantané *m.* snapshot

insupportable unbearable

intempérie *f.* inclemency

interdit astonished, amazed, bewildered

intéresser to interest; **s'—**, get interested

intermède *m.* interlude

interminable endless

intermittence *f.:* **par —**, intermittently

internat *m.* boarding school

interroger to question

interrompre to interrupt

intime intimate, inner; homelike

intimidé embarrassed

intimité *f.* intimacy

introduire to introduce

inutile useless
invité *m.* guest
iriser (s') to become iridescent
ironique ironical
irrespectueux disrespectful
irriter to excite; s'—, get
    angry
isolateur *m.* insulator
isolé isolated
isolement *m.* isolation
issue *f.* entrance
ivre intoxicated
ivresse *f.* drunkenness, intoxi-
    cation

journal *m.* newspaper
journée *f.* day
joyeux cheerful
juge *m.* judge
juger to judge
juillet *m.* July
juin *m.* June
jus *m.* juice
jusqu'à as far as, even, to the
    point of; jusqu'alors so far,
    until then; jusqu'ici until
    now
justement justly, precisely,
    properly

J

jadis formerly
jaillir to appear suddenly, burst
    out, flash
jalousement jealously
jamais ever, never
jambe *f.* leg
jardin *m.* garden
jaune yellow
jersiais of Jersey
jetée *f.* mole, pier
jeter to throw, utter; — un
    coup d'œil glance; se —,
    jump, rush into, throw one-
    self
jeu *m.* game
jeune young
jeunesse *f.* youth
joie *f.* joy
joindre to join
joli pretty
joue *f.* cheek
jouer *or* se —, to play
jouet *m.* toy
joueur *m.* player
jouir to enjoy; possess
jour *m.* day; petit —, dawn

L

là there
là-bas over there
La Bruyère, Jean de (1645–
    1696), *French moralist*
lacet *m.:* route en —s winding
    road
lâche base, coward(ly); loose
lâcheté *f.* cowardice
là-dessus thereupon
laid ugly
laine *f.* wool
laisser to let, let alone
lambeau *m.* shred
lame *f.* wave
lamentable distressing, sad
lancer to hurl
lancinant piercing, shooting
langue *f.* language, tongue
languir to languish
lanterne de verre *f.* skylight
laqué lacquered
large wide
largeur *f.* width
larme *f.* tear
las tired
lasser (se) to get tired

lassitude *f.* fatigue

laurier *m.* laurel

laurier-rose *m.* oleander

lavande *f.* lavender

lavé washed

lecture *f.* reading

léger light

légume *m.* vegetable

légumier *m.* vegetable dish

lendemain *m.* the day after; — matin the next morning

lent slow

lentement slowly

lenteur *f.* slowness

lettre *f.* letter; à la —, precisely

lettré *m.* scholar

lever to raise; se —, get up

lever *m.:* — du soleil sunrise

lèvre *f.* lip

liaison *f.* acquaintance

liane *f.* bindweed, liana

libre free

lierre *m.* ivy

lieu *m.* place; au — de instead of; au — que while

lieue *f.* league

ligne *f.* line

linceul *m.* shroud

linge *m.* laundry, linen

lire to read

lisse sleek, smooth

lit *m.* bed

livre *f.* pound

livre *m.* book

livré: —s à eux-mêmes left to themselves

livrer (se) to apply oneself to, indulge in

livresque bookish

loger to put up; — des pensionnaires take boarders

logiquement logically

logis *m.* house

loin far; au —, in the distance; de — en —, from time to time

lointain distant, remote

loisir· *m.* leisure, spare time; avoir le —, to be able to

Londres London

long long, tall

long *m.:* — de along; tout de son —, at full length

longer to extend along

longtemps long; depuis —, a long time ago

lors then; dès —, since then

lorsque when

louable praiseworthy

louche suspicious

louer to let, rent; praise

louis *m. old gold coin*

lourd heavy

lourdeur *f.* heaviness

loyauté *f.* loyalty

lueur *f.* faint light, gleam

luire to shine

luisant shining

lumière *f.* light

lunettes *f. pl.* spectacles

lutte *f.* fight, struggle

lutter to fight

luxe *m.* magnificence

luxurieux luxurious

M

machinalement mechanically

magasin *m.* store

magnifique magnificent

maigre skinny

maigreur *f.* slenderness

maillot *m.* sweater

main *f.* hand

maintenant now

mais but

maison *f.* house

maître *m.* master

mal badly; rien de —, nothing wrong

mal *m.* pain, wrong; avoir le — de mer to be seasick; faire —, hurt, do wrong

malade sick

maladie *f.* disease

maladif morbid

maladroit unskillful

maladroitement blunderingly

malaise *m.* uneasiness

malaisé difficult, rough

malaisément with difficulty

mâle masculine

malgré in spite of

Malherbe, François de (1555–1628), *French poet*

malheur *m.* accident

malicieux roguish

Mallarmé, Stéphane (1842–1898), *French poet*

malle *f.* trunk

maman *f.* mother

manche *f.* sleeve

manger to eat

maniable supple

maniaque finicky

manié handled

manière *f.* manner, way

manifeste evident

manifester to show; se —, appear

manivelle *f.* crank, handle

manœuvre *f.* working

manquer to miss

manteau *m.* cloak

marbre *m.* marble

marchand commercial

marchandage *m.* bargaining, bickering

marche *f.* step; se remettre en —, to start again

marcher to walk

marcheur *m.* walker

marée *f.* tide

mari *m.* husband

marionnette *f.* puppet

Marivaux, Pierre de (1688–1763), *French playwright*

marquer to show

marteau *m.* knocker

masquer to hide

mât *m.* mast

matelot *m.* sailor

matière *f.* matter, substance

matin *m.* morning; de bon —, early

matinal early

mauvais bad

méchamment cruelly

méchant *m.* bad person

médisance *f.* slander

méfiance *f.* suspicion, mistrust

méfiant suspicious

méfier (se) to distrust

meilleur better, best

mêlée *f.* fight

mêler to mix; se —, mingle

même even, same; de —, in the same way; quand —, nevertheless

menacer to threaten

ménage *m.* housekeeping

ménager to spare

méninges *f. pl.* brain

menton *m.* chin

menu little

mépris *m.* scorn

mer *f.* sea; pleine —, open sea

mère *f.* mother

mériter to deserve

merveille *f.* marvel, wonder

merveilleux marvelous

mesquin insufficient, poor

messager *m.* messenger

mesure *f.* moderation

met *m.* food

mettre to put; se —, put oneself; se — à begin; se — à table sit at table; se — au lit go to bed; se — en route start

meuble *m.* piece of furniture; *pl.* furniture

meute *f.* pack of hounds

Mexique *m.* Mexico

midi noon

miel *m.* honey

mieux better; le —, the best

mièvre affected; little

mièvrerie *f.* childishness (*with a touch of affectation*)

mignardement in a cute way

mignon delicate, tiny

milieu *m.* environment; au —, in the center, in the middle, in the midst

mille thousand

millier *m.* thousand

mince slender

miné undermined

minime very small

minuscule very small

minutieux meticulous, minute

miracle *m.* miracle play

mise *f.*: — à prix price; — en scène stage setting

mitoyen adjoining, contiguous

mode *f.* fashion

mode *m.* form

mœurs *f. pl.* customs

moindre smaller; le —, the least, slightest, smallest

moine *m.* monk

moins less; à —, unless; du —, at least

moite damp, moist

mollesse *f.* weakness

moment *m.*: du — que since

monceau *m.* heap

mondain: scandale —, society scandal

monde *m.* world, people

monstrueux monstrous

montagnard *m.* highlander

montagne *f.* mountain

monter to climb, come in (*tide*)

montrer to show; se —, appear

mordant biting

morne sad

mort dead

mort *f.* death

mort *m.* dead body

mortuaire funereal

mot *m.* word

mou soft

mouchoir *m.* handkerchief

moue *f.* pouting

mouette *f.* sea gull

mouillé wet

mouiller (se) to get wet

mourir to die

mousseux sparkling

mouvement *m.* traffic

mouvoir (se) to move

moyen: le — âge Middle Ages

moyen *m.* way

muet silent

mur *m.* wall

mûr mature, ripe

muraille *f.* wall

mûrir to mature

murmurer to whisper

musique *f.* music

mutinerie *f.* sprightliness

Mytilène *Greek island also called Lesbos*

N

nacre *f.* mother-of-pearl
nacré nacreous, pearly
nager to swim
nageur *m.* swimmer
naguère lately, not long ago
nain dwarf
naissance *f.* birth
naissant budding
naître to be born
nappe *f.* tablecloth; — **de cheveux** cascade of hair; — **de nuages** bank of clouds
naturalisme *m. a literary French school during the second half of the XIXth century*
naturaliste naturalistic
naufrage *m.* shipwreck
naufragé *m.* castaway
naviguer to sail
navire *m.* boat
né born
néanmoins nevertheless
néant *m.* emptiness, nothing
négliger to neglect
nerf *m.* nerve
net *adj.* clear, distinct, firm; *adv.* short
nettement clearly
netteté *f.* purity
neuf new
neutre neutral
ni nor
niais silly
nid *m.* nest
noce *f.* wedding
nocturne of night
nœud *m.* knot
noir black
nom *m.* name; **petit** —, first name
nombreux numerous

nonchalamment nonchalantly
nonchalant lazy, weak
Normandie *f.* Normandy
nostalgie *f.* homesickness, longing for, regret
nouer to establish, tie
nouveau new; **de** —, again; **le** — **venu** newcomer
nouveauté *f.* change, novelty
nouvelle *f.* news, short story
nu bare, naked; **mettre à** —, to show
nuage *m.* cloud
nuance *f.* color, shade
nuancé shaded
nuancer (se) to vary
nuée *f.* cloud
nuit *f.* night
nul nobody
nullement by no means
numéro *m.* number

O

obéir to obey
obéissance *f.* obedience
objet *m.* thing
obligé: être — **de** to have to
oblique slanting
obscurcir (s') to become dark
obscurité *f.* darkness
observateur *m.* observer
obstiner (s') to persist
obtenir to get
occupé busy
occuper (s') to apply oneself, do, take care of, undertake
odeur *f.* smell
odorant odoriferous
œil *m.* eye
œuf *m.* egg
œuvre *f.* work
oiseau *m.* bird

oisiveté *f.* idleness
ombrageux sensitive, touchy
onde *f.* water
ondée *f.* squall
or but
or *m.* gold
orage *m.* thunderstorm
ordinaire: d'—, usually
ordonné ordered, regulated
ordonner to command
oreille *f.* ear
orgueil *m.* pride
orgueilleusement proudly
orgueilleux proud
oriental *m.* Easterner
orné adorned
ornière *f.* rut
orphelin *m.* orphan
oser to dare
ossature *f.* skeleton
ou or
où when, where
oubli *m.* forgetfulness, omission
oublier to forget
ouest *m.* west
oui yes
ouï: par — dire by hearsay
ourdir to plot
ourlé hemmed
outre further; en —, further-
more; passer —, to go on
ouvert open, spread; grand —,
wide open
ouvrage *m.* work
ouvrier *m.* workman
ouvrir *or* s'—, to open

P

païen pagan
pailleter (se) to glitter
paisible peaceful
paître to graze

paix *f.* peace
pâleur *f.* paleness
pâlir to fade, grow pale
palmier *m.* palm tree
pancarte *f.* sign
panier *m.* basket
pantalon *m.* trousers
papa *m.* dad
papier *m.* paper; — buvard
blotting paper
paquebot *m.* steamer
Pâques *m.* Easter
paquet *m.* package, parcel
paraître to appear, seem
parapluie *m.* umbrella
parce que because
parcourir to go through
pardonner to forgive
pareil similar
parfait perfect
parfois occasionally, sometimes
parfum *m.* perfume
parfumé perfumed
parler to talk
parmi among
paroisse *f.* parish
parole *f.* word; manquer de —,
to betray, deceive; prendre
la —, begin to speak
parquet *m.* floor
partagé reciprocated
partager to share
partance *f.:* en —, ready to sail
parti *m.:* — pris purpose;
prendre son —, to resign oneself to; tirer —, make the
best
particulier private
partie *f.* part
partir to leave; à — de from
partout everywhere
parvenir to reach
pas not; ne ... —, not

pas *m.* step; — **relevé** high step

passage *m.:* **au** —, while passing; **de** —, transient

passager *m.* passenger

passe *f.:* **en** — **de** on the point of

passé *m.* past

passer to spend

passerelle *f.* gangplank

passionnément passionately

patrie *f.* country, fatherland

pâturage *m.* pasture

pâture *f.* food

paupière *f.* eyelid

pauvre poor

pavé *m.* pavement

pavillon *m.* flag; lodge

payer to pay

pays *m.* country

paysage *m.* landscape

paysan *m.* peasant

pêche *f.* fishing

péché *m.* sin

pécheur *m.* sinner

pédantisme *m.* pedantry

peigné combed

peine *f.* difficulty, suffering, trouble; **à** —, hardly

peintre *m.* painter

peinture *f.* description, painting

pèlerinage *m.* pilgrimage

pencher (se) to bend, lean forward

pendant *m.:* **faire le** —, to be symmetrically disposed, match

pendant que while

pendre to hang

pénétrer to enter

pénible hard, painful

pensée *f.* thought

penser to think

pensif dreamy

pension *f.* room and board, school

pensionnaire *m.* boarder

pente *f.* inclination, slope; — **douce** gentle slope; **en** —, inclined, sloping

percer to break through

perdre to lose, waste

père *m.* father

perfidement treacherously

péripétie *f.* incident

perle *f.* bead

permettre to allow

permission *f.* leave

perpétuel continuous

personnage *m.* character, figure

personne nobody

personne *f.* person; *pl.* people

perte *f.:* **à** — **de vue** indefinitely

peser to weigh

pétillant sparkling

petit little

peu few, little, not very; — **à** —, gradually

peu *m.:* **un** —, a little

peur *f.* fear; **avoir** —, to be afraid

peureux fearful

peut-être maybe

phalange *f.* phalanx

philippine *f.* philippine (*double almond*), philopena

philologue *m.* philologist

physionomie *f.* appearance

pic: **à** —, perpendicularly

picorer to peck

pièce *f.* room

pied *m.* foot

pieux pious

piquant brisk

piqué *m.* quilting

piquer to go; strike

pire worse

pitié *f.* pity

pitre *m.* clown

place *f.* place, seat, square

plafond *m.* ceiling

plage *f.* beach

plaie *f.* wound

plaindre (se) to complain

plainte *f.* complaint, moaning

plaire to please; se —, like

plaisance *f.* pleasure

plaisanter to joke

plaisir *m.* pleasure; prendre —, to enjoy

plan flat

plan *m.*: de tout premier —, first rate

planchette *f.* shelf

planer to hover, look down (*from on high*)

Platon (429–347 B.C.) Plato, *Greek philosopher*

platonicien Platonic

plâtreux snow-white, color of chalk

plein full

pleinement completely

plénitude *f.* fullness

pleurard whimpering

pleurer to cry

pli *m.* fold

plier to fold; bend; se —, adapt oneself

plomber (se) to take a leaden hue

plonger to plunge

ployer to bend

pluie *f.* rain

plume *f.* pen

plus more; ne —, no longer

plusieurs many, several

plutôt more, rather

poche *f.* pocket

poésie *f.* poetry

poids *m.* weight

poignant intense

poignée *f.* handle

poing *m.* fist

point not

pointe *f.* cape; end; sur la — des pieds on tiptoe

pointer to stick up

poire *f.* pear

poisson *m.* fish

poitrine *f.* breast

poli polished

politesse *f.* politeness

pomme *f.* apple; — de terre potato

pomper to absorb

pont *m.* deck; — suspendu suspension bridge

porcelaine *f.* china

port *m.* harbor, port

porte *f.* door; — vitrée glass door

portée *f.*: à la —, within reach

porter to bring, carry, wear; se — bien be in good health

poser to ask (questions), place, put; se —, act as, present oneself; rest

posséder to possess

poteau *m.* pole

poterne *f.* postern

poudroiement *m.* dust, haze

poulie *f.* pulley

poupée *f.* doll

pour in order to, for

pourpre purple

pourquoi why

poursuivre to chase, continue, follow, go on, persecute

pourtant however

pousse *f.* sprout

pousser to push; utter; **— les hauts cris** protest with the greatest energy; **— jusqu'à** go as far as

poussière *f.* dust; **— d'eau** spray; **cheveux de —,** blond and fluffy hair

pouvoir can, may

pouvoir *m.* power

pratique practical

précaire precarious

prêcher to preach

précieux affected; valuable

préciosité *f.* affectation

précipitamment hurriedly

précipiter to accelerate, throw; **se —,** rush

préciser to design more precisely, make more definite

précoce early, precocious

préférence: de —, preferably

prémices *f. pl.* beginning

premier first

prendre to take; **— sur soi** take the initiative *or* responsibility

préparatifs *m. pl.* preparation

près near

présager to announce, foresee

présent *m.*: **à —,** now

présenter to introduce

presque almost

pressé close; **être —,** to be in a hurry, be anxious to

pressentiment *m.* foreboding

pressentir to consult, foresee, imagine

presser to urge; squeeze; **se —,** crowd

pression *f.* pressure

prêt ready

prétendre to affirm, claim

prêter: — l'oreille to listen

prêtre *m.* priest

preuve *f.* evidence, proof

prévenir to inform

prévoir to foresee

Prévost, Abbé (1697–1763), *French novelist*

prier to ask, pray

prière *f.* prayer

primerose light yellow

printanier spring, spring-like

printemps *m.* spring

prise *f.* hold

priver to deprive; **se —,** abstain

prix *m.* price; **à aucun —,** not on any terms

prochain approaching

proche near

procurer to get

produire to produce

profil *m.* profile

profiter to take advantage, take the opportunity

profond deep

profondément deeply

profondeur *f.* depth

proie *f.* prey; **en — à** a prey to

projet *m.* project

projeter to plan, throw

prolonger to continue, lengthen

promenade *f.* excursion, walk

promener to turn (*eyes*); **se —,** drive, ride, walk

promeneur *m.* walker

promettre to promise

prononcer to utter

propitiatoire propitiatory

propos *m.*: **à —,** convenient; **à — de** in connection with, in the case of

propre clean; own; **en —**, exclusively

propreté *f.* cleanliness

propriété *f.* estate; **être la — de** to belong to

prospectus *m.* advertisement

prosterner (se) to prostrate oneself

protéger to protect

prouesse *f.* exploit

provoquer to create, originate

pseudonyme *m.* pen name

puberté *f.* puberty

publier to publish

pudeur *f.* bashfulness, modesty, reserve

pudique chaste, modest

puis then

puisque since

puissance *f.* power

puissant powerful

Q

quai *m.* quay, wharf

quand when; **— même** however

quant à as for

quartier *m.* district, neighborhood

quatre four

quelque some

quelquefois sometimes

quelqu'un somebody

quête *f.* quest; **se mettre en —**, to look for

quille *f.* keel

quinze fifteen

quitter to leave, take off

quoi what; **— que** whatever; **après —**, after that

quoique although

quotidien daily

R

rabattu pulled down, turned down

raccomodage *m.* mending

raccourci *m.* abridgment, summary, epitome

radieux radiant

rafale *f.* gust of wind, squall

raffiné refined

raffinement *m.* refinement

raffiner to refine

rafraîchissant refreshing

raide steep; stiff; swift

raidir to stiffen

raie *f.* stripe

raisin *m.* grape

raison *f.* reason

raisonnable sensible

raisonnablement sensibly

raisonneur rational, reasoning

raisonneur *m.* reasoner

ralentir to slacken

ramasser to pick up

rameau *m.* twig

ramener to bring back

rampe *f.* railing

rancune *f.* grudge, rancor

ranger to keep, place

rapatrier to bring *or* send back to one's native country

rapetissement *m.* diminution, reduction

rapiécé patched

rappeler to call back, recall; **se —**, remember

rapport *m.* relation

rapporter to bring back; **se —**, correspond

rapprendre to learn anew

rapprocher to bring together, draw closer; **se —**, get nearer

rarement rarely

rassasié satiated

rasséréner to restore serenity; **se —**, recover one's serenity

rassurer to reassure

rat *m.* rat; burglar (*in a hotel*)

râtelier *m.* set of false teeth

rattacher to tie; **se —**, belong

Ravel, Maurice (1875–   ), *French composer*

ravin *m.* ravine

ravir to carry off

ravissement *m.* delight

raviver to revive

rayon *m.* ray

rayonnement *m.* radiance

rayure *f.* stripe

réaliser to fulfill

recevoir to receive

rêche rough

récit *m.* account, story

recommencer to begin again, resume

réconcilier to reconcile

reconduire to accompany, lead again

reconnaissance *f.* gratitude

reconnaissant grateful

reconnaître to recognize; **se —**, collect; consider, recognize oneself

recourber to bend

recouvrer to get again, recover

récrier (se) to protest

récrire to write again

recrue *f.* addition, recruit

recueilli meditative

recueillir to gather, pick; **se —**, collect oneself

recul *m.* distance, remoteness

redescendre to come down again

redevenir to become again

rédiger to write

redingote *f.* frock coat

redoutable terrible

redouter to fear

redresser (se) to sit erect again

réduire (se) to diminish, be limited, reduce

réduit reduced

réel real

refaire to do again, repeat

refermer to close again; **se —**, shut again

réfléchi well considered

réfléchir to meditate, think over

reflet *m.* reflection

refléter (se) to be reflected

réflexion *f.* thought

reformer to form again

refrain *m.* burden

refus *m.* refusal

refuser to refuse, decline; **se — à** refuse

regard *m.* glance

regarder to look; **— fixement** stare

régime *m.* order, régime, regulation

régler to regulate, settle; **se —**, time oneself

regrimper to climb back

régulièrement regularly

reine *f.* queen

rejaillir to break, spring up

rejeter to throw back; **se — en arrière** throw oneself back

rejoindre to catch up; **se —**, meet

relancer to start again

reléguer to relegate

relevé done up

relever to tuck up; **se —**, get up, recover

relié connected

relire to read over

remarquer to notice

rembrunir (se) to grow gloomy

remercier to thank

remettre to deliver; se —, become again, set oneself back again; se — au lit go back to bed

remmener to take away

remodeler to model anew

remonter to climb back, go back, go up

remords m. remorse

remplacement m. substitution

remplacer to take the place of

remplir to perform (a duty)

remuer to move

renard m. scab

Renard, Jules (1864–1910), French writer

rencontre f. meeting

rencontrer to find, meet

rendez-vous m. appointment

rendre to return; — un culte worship; se —, go to

renier to abjure

renoncer to give up

renouveler to repeat; se —, renew oneself

renseignement m. information

rentrée f.: — des classes beginning of the term

rentrer to come back

rentrouvrir (se) to half-open again

renversé upside down

renverser (se) to lean backward

répandre (se) to overflow

répandu spread

reparaître to reappear

repartir to leave, start again

repas m. meal

repeindre to paint

répercuter (se) to echo

répéter to repeat

repli m. sinuosity

répliquer to answer, protest

replonger to dip again

répondre to answer

réponse f. answer

repos m. rest

reposer to rest, stand on, touch

repousser to drive back; refuse

reprendre to continue, recover, resume, take back again

représailles f. pl. reprisal

représenter to mean; se —, imagine

répugnance f. dislike

répugner to feel repugnance

resaisir to recover possession

résigner (se) to resign oneself, submit

résolu determined, energetic

résonance f. consequence, influence; vibration

résoudre to decide; se —, dissolve; determine, make up one's mind

resplendir to shine

ressources f. pl. means, resources

ressusciter to revive

Restauration f. political régime in France from 1814 to 1830

reste m. rest; au —, moreover

rester to be left, remain, stay

restreindre to limit

restreint limited, small

résumé m. summary

résumer to sum up

retardé delayed

retenir to hold, keep, retain; **se —**, catch hold

retentissement *m.* resounding

retirer to draw back, take out; **se —**, retire, withdraw

retordre (se) to twist

retour *m.* return

retourner to return; **— sur ses pas** retrace one's steps

retourner (se) to turn around

retraite *f.* retreat, shelter

retrécir (se) to grow narrower

retremper to plunge again.

retroussé curled up

retrouver to find again, join, meet again

réunir to join; **se —**, join together

réussir to accomplish, perform successfully, succeed

revanche *f.* revenge; **en —**, on the contrary, on the other hand

rêve *m.* dream

réveil *m.* waking; **au —**, when they woke up

réveiller to awaken, wake up; **se —**, wake up

révéler to reveal

revenir to come back; **— à soi** come to; **— sur ses pas** retrace one's steps

rêver to dream

réverbère *m.* street lamp

revêtir to put on

revirement *m.* change

revivre to live again

revoir to see again

revoir *m.* return

riant pleasant

rideau *m.* curtain

rien anything, nothing; **— que** only

rien *m.* trifle

rire to laugh

rire *m.* laugh

risible laughable

risquer to take a chance; **se —**, venture

rivage *m.* shore

rive *f.* shore

robe *f.* gown

rocher *m.* rock

roi *m.* king; **le Grand Roi** *Louis XIV*

rôle *m.* character, part

roman *m.* novel; **— à clé** novel introducing real characters under fictitious names

romanesque romantic

rompre to break

rond round

rose pink

rosée *f.* dew

rôti *m.* roast meat

rougeâtre reddish

rougeur *f.* blush

rougir to blush

rouler to roll

Rousseau, Jean-Jacques (1712–1778), *French philosopher*

roussi yellowish

route *f.* course, road, way

rouvrir (se) to reopen

ruché frilled, quilled

rude rough

rudesse *f.* roughness

rue *f.* street

rugueux rough

ruisseau *m.* brook

ruisseler to stream

rumeur *f.* rumor

ruse *f.* stratagem, trick

rythmé rhythmic

S

sable *m.* sand

sac *m.* bag

saccadé jerky

sage good

sagesse *f.* good behavior

saignant rare, underdone

sain healthy

Saint-Simon, duc Louis de Rouvroy de (1675–1755), *French writer*

saisir to grasp, seize

saison *f.* season

saladier *m.* salad bowl

sale dirty

salé salted

salle *f.* room; — à manger dining-room; — commune public room

salon *m.* parlor

samedi *m.* Saturday

sang *m.* blood

sanglot *m.* sob, tears

sangloter to sob

sans without

santé *f.* health; en pleine —, in the best of health

saphir *m.* sapphire

saute *f.* shift

sauter to jump

sauvage savage

sauver to rescue, save; se —, escape

sauvetage *m. see* ceinture

saveur *f.* flavor

savoir to be able to, know

savourer to enjoy

sceller to seal

scintiller to sparkle

scruter to search into

sec dry

sécher to dry

secouer to shake

secousse *f.* jerk

sédentaire sedentary, settled

séduire to seduce, captivate, attract

seigneur *m.* lord

sein *m.* midst; womb

séjour *m.* dwelling

séjourner to remain

sel *m.* salt

sellette *f.* culprit's seat; se mettre sur la —, to write about oneself

semaine *f.* week

sembler to seem

semé sprinkled

sens *m.* meaning

sensible sensitive

sentier *m.* path

sentiment *m.* feeling

sentir *or* se —, to feel

séparément separately

séparer to separate

sept seven

serein calm, clear, serene

série *f.* series

serment *m.* promise

serre *f.* conservatory

serré oppressed

serrer (se) to be oppressed

serrure *f.* lock

servante *f.* maid

service *m.* favor; rendre un —, to do a favor

serviette *f.*: — de toilette towel

servir to be of use, serve

serviteur *m.* servant

seuil *m.* threshold

seul alone, single

seulement but, only

sevrer to deprive

siècle *m.* century

siège *m.* seat

sifflement *m.* whistling

siffler to whistle

signification *f.* meaning

signifier to mean

silencieux silent

simple *m. & f.* a plain, unpretentious person

simplement simply

simulacre *m.* semblance

singulier strange

sinon if not

situé located

société *f.* society

sœur *f.* sister

soie *f.* silk

soif *f.* thirst; **avoir —,** to be thirsty

soigné neat

soigner to take care of

soigneusement carefully

soin *m.* care

soir *m.* evening, night

soirée *f.* evening

sol *m.* ground

solaire solar

soldat *m.* soldier

soleil *m.* sun; **— couchant** setting sun; **en plein —,** in bright sunshine

solennel solemn

sombre dark, gloomy, solemn; **il faisait —,** it was dark

somme *f.* sum

sommeil *m.* sleep; **avoir —,** to be sleepy; **tomber de —,** be overcome with sleep

sommet *m.* summit, top

somnolent sleepy

son *m.* sound

sonde *f.* lead, sounding line

sonder to probe, search

songer to think

sonner to ring, strike

sorte *f.* kind; **de — que** so that

sortie *f.:* **faire une —,** to go out

sortir to come out, go out; **— de table** leave the table

sot silly

souci *m.* anxiety

soucier (se) to care for, pay attention

soudain suddenly

souder (se) to unite

souffle *m.* breath, wind

souffler to blow

souffrance *f.* pain

souffrant sick

souffrir to bear

soufre *m.* sulphur

soufré sulphured

souhaiter to wish; **se — le bonjour** greet each other

soulager (se) to relieve oneself

soulever to arouse, raise; **se —,** raise oneself

soumis compliant, resigned, submissive

soupçon *m.* suspicion

soupçonner to suspect

souper to have supper

soupirer to sigh

souple flexible

souplesse *f.* relaxation; suppleness; versatility

source *f.* spring

sourd dull, vague

sourdement secretly

sourire to smile

sourire *m.* smile

sous under

sous-entendu *m.* implication

soustraire to exempt

soutenir to bear up, hold up, stand, support, withstand

Southampton *English port on the Channel*

souvenir (se) to remember

souvenir *m.* recollection, remembrance

souvent often

soyeux silky

spacieux spacious, wide

spectacle *m.* scene

spectre *m.* ghost

stationner to be parked

stendhalien of Stendhal (*French novelist*, 1783–1842)

store *m.* blind

stupéfait dumbfounded

stupeur *f.* stupor

subterfuge *m.* artifice

subtil subtle

succomber to succumb

sucré sugared

sud *m* south

sueur *f.* perspiration

suffire to be sufficient

suffisant sufficient

suffoquer to suffocate

suggérer to suggest

suite *f.:* par —, as a result; tout de —, at once

suivre to follow; — les classes attend classes

sujet *m.* theme

superflu superfluous

supplice *m.* torture

supplier to beg

supporter to bear, support

sur on

sûr safe

suranné old-fashioned, superannuated

sûrement surely

surgir to appear suddenly, surge

surhumain superhuman

surintendante *f.* superintendent

surmenage *m.* overworking

surmonté surmounted

surnaturel supernatural

surprendre to catch

surpris surprised

sursaut *m.:* en —, with a start

surtout above all, particularly

surveillance *f.* supervision

surveiller to watch

survenir to arrive unexpectedly

susciter to create

suspendre to interrupt

suspendu hanging

symphonie *f.* symphony; — chorégraphique ballet

T

tabac *m.* tobacco

tableau *m.* picture

tablette *f.* shelf

tache *f.* spot

taché spotted

tacher (se) to become spotted

taille *f.* height, size; waist

taillé cut

taire (se) to be silent, become silent, cease

talus *m.* embankment

tandis que while

tant que as long as

tantôt sometimes; — ... —, now ... now

tapageur stormy, noisy

tapis *m.* rug

tard late

tâtons: à —, groping

teint *m.* complexion, coloring

teinter (se) to get a color, become colored

tel such

tellement so much

témoignage *m.* proof, testimony

témoigner to prove, show

témoin *m.* witness

tempérer to temper

tempête *f.* storm

temps *m.* time, weather; **à quelque — de là** some time later

tendre light, tender

tendre to hold out

tendresse *f.* affection, tenderness

ténèbres *f. pl.* darkness

tenir to hold, keep; **— en place** keep still; **— à** care for; come from the fact; **— lieu de** take the place of; **— la mer** sail; **se —,** be; hold each other; remain

tentation *f.* temptation

tentative *f.* attempt; experience

tenter to tempt

tenture *f.* hanging

tenue *f.* appearance

terminaison *f.* ending

terminer *or* **se —,** to end

terrain *m.* ground; **— vague** vacant lot, waste land

terre *f.* country, earth, land; **— à —,** vulgar reality; **à —,** ashore; **en pleine —,** outside

terre-plein *m.* platform

terreur *f.* terror

territoire *m.* territory

tête *f.* head

Thérive, André (1891–), *French critic and novelist*

tiède lukewarm

tiédeur *f.* warmth

tiers *m.:* **en —,** as a third person

tige *f.* trunk

tirer to get, pull, shoot, take out; **— sur le gris** approach the grey

titre *m.* title

tituber to stagger

toile *f.:* **— de fond** back drop

toilette *f.* dress; washstand

toit *m.* roof

toiture *f.* roof

tomber to fall

ton *m.* tone

tonnerre *m.* thunder

tort *m.:* **à —,** wrongly

tortueux winding

toucher to move, touch; **se — la main** shake hands

touffe *f.* clump, tuft

toujours always; **pour —,** forever

tour *f.* tower

tour *m.* turn; **— de force** clever feat; **— à —,** alternately, by turns; **faire le —,** to go around; **faire un —,** take a stroll

tourbillon *m.* whirlpool, whirlwind

tourbillonnement *m.* whirling

tourbillonner to whirl

tourelle *f.* conning tower

tourmente *f.* storm

tourmenté tormented, worried

tournant *m.* corner, turn

tourner to lathe, turn, turn around

tournoyer to whirl

tout, tous *adj.* all; *pron.* everything, everyone; *adv.* very; **— à fait** completely; **— autre** any other; **— en** while; **—**

puissant almighty; **pas du —**, not at all
toutefois however
tracas *m.* trouble, worry
traduction *f.* translation
traduire to express
trahir to betray, reveal
train *m.* course; **être en — de** to be (doing something); **— de luxe** pullman car express
traîner to drag; **se —**, crawl
trait *m.* feature, trait; **d'un —**, without stopping; **avoir —**, to refer to
traiter to treat
tranchant sharp
tranche *f.* slice
Transatlantiques *pl.* the Americans
transe *f.* trance
transmettre to communicate
transparaître to appear through (something)
transpercer to pierce through
transporter (**se**) to go
trapu squat, stubby
travail *m.* work; **en —**, giving birth
travailler to work
travers: à —, through
traversée *f.* crossing
traverser to cross, go through
treize thirteen
très very
tressaillement *m.* start, thrill
tressaillir to shudder, start
trêve *f.* rest
tribord *m.* starboard
trilogie *f.* trilogy
triompher to overcome
triste sad
tristesse *f.* sadness
trois three

trompe *f.* horn
trompe-l'œil *m.* still-life deception, illusion
tromper to deceive; **se —**, be mistaken
tronc *m.* trunk
trop too, too much *or* many
trottoir *m.* sidewalk
trouble *m.* excitement
trouée *f.* gap, opening
trouver to find; **se —**, be, feel, find oneself, happen
tue-tête: à —, at the top of one's voice
tumultueusement wildly
tumultueux stormy
tunique *f.* coat
turpitude *f.* ignominy

U

ulcéré hurt
un one; **l' — l'autre** each other
uni smooth
unir (**s'**) to join together
unisson *m.* unison
urbanité *f.* elegance, refinement
usage *m.* custom
usé worn out
utilité *f.* usefulness

V

vacances *f. pl.* vacation
vacarme *m.* noise
vache *f.* cow
va-et-vient *m.* going and coming
vague vague
vague *f.* wave
vaillant courageous
vaincu conquered

vainement in vain

vaisseau *m.* boat, vessel

valeur *f.* value

valise *f.* suitcase

vallon *m.* small valley

valoir to be worth; **mieux valait...** it was better to...

vapeur *f.* haze, steam, vapor; **à toute —,** at full speed

variable changeable

variante *f.* variation

vasque *f.* basin

Vaugelas, Claude de (1595–1650), *French grammarian*

veille *f.* the day before; **— au soir** the night before

veiller to watch

veilleur *m.* watchman

velléité *f.* tendency

velouté velvety

velu hairy

venir to come; **— à bout** succeed; **— de** have just

vent *m.* wind; **— arrière** stern wind

venue *f.* arrival, coming

verdure *f.* foliage

véritable real

vérité *f.* truth

verre *m.* glass, lens

verrière *f.* glass roof

vers about, toward

vert green; **gros —,** dark green; **— de gris** verdigris

vertige *m.* dizziness

vertigineux tremendous

verve *f.* animation

veste *f.* coat

vestibule *m.* hall

veston *m.* coat

vêtement *m.* clothes

vêtu dressed

veuf *m.* widower

veuve *f.* widow

vibrer to vibrate

vicomte *m.* viscount

vide *m.* emptiness

vie *f.* life

vieillard *m.* old man

vierge virgin

vieux old

vif alert, ardent, bright; great

vigne *f.* vine

vigoureusement strongly

vigoureux strong

vigueur *f.* strength

vilain bad, ugly

ville *f.* city, town

villégiature *f.:* **à l'époque des —s,** during the vacation season

vin *m.* wine; **— mousseux** sparkling wine

violence *f.* violence; **se faire —,** to force oneself

violer to violate

virer to turn; **— de bord** tack about

virilité *f.* energy, vigor

visage *m.* face

vis-à-vis opposite

visé aimed at, referred to

visiblement visibly

visière *f.* peak

vite quickly

vitesse *f.* speed

vitrage *m.* glass roof

vitre *f.* glass, windowpane

vivant alive, living, true to life

vivement brightly, deeply, quickly

vivre to live

voguer to move on, sail

voici here; **— que** now

voie *f.* way; **— ferrée** railroad track

voile *f.* sail

voile *m.* veil

voiler to veil

voir to see

voisin next

voisinage *m.* proximity

voiture *f.* carriage, cart

voix *f.* voice

vol *m.* flying; **à — d'oiseau** as the crow flies

volonté *f.* will, will power

volontiers often, with pleasure

Voltaire (1694–1778) *French philosopher*

voltiger to fly

volupté *f.* pleasure; voluptuousness

vomir to vomit

vorace voracious

vouloir to want, wish; **en —,** have a grudge

voyage *m.* trip

voyager to travel

voyageur traveling

voyageur *m.* traveler

voyant gaudy, loud, showy

vrai real, true

vraiment really

vraisemblable likely

vue *f.* eyes, sight; **seconde —,** clairvoyance; **en —,** prominent

W–Y

Wagner, Richard (1813–1883), *German composer*

yeux *m. pl. see* œil